BOOUMMM!!

*phrase naze toujours utilisée dans ce type de scène

DRAGON FALL

1-Le Commencement

Texte et Dessins:

Nacho FERNÁNDEZ

Álvaro LÓPEZ

Traduction: Germanico LAPOSSE

Maquette de l'édition française: ACHILLE(S)

Une co-production:
AZAKE
Alarcón, 40-42
08930 SANT ADRIÁ DEL BESOS

AKILEOS
8 rue Stanislas Meunier
75020 PARIS
www.akileos.com

LEGENDS DIFFUSION
37ter rue Gustave Simonet
94200 IVRY SUR SEINE
www.legends.fr

Emmanuel BOUTEILLE & Richard SAINT MARTIN
ÉDITEURS

Achevé d'imprimer en août 2006 en Espagne
ISBN: 2-915618-43-1
Dépôt légal septembre 2006

¡¡CHKLAK !!
¡SHCHUNKT !
OH!
DIS MOI PETIT, TU T'ES PERDU ?
OUCH!

AÏE ! AÏE ! AÏE ! AÏE ! ÇA FAIT MAL !
FGRRSSJJ ! MAUDIT GAMIN ! POUR QUI TU TE PRENDS?
¡¡ PLAFF !!
ON FRAPPE PAS LES VIEUX COMME ÇA!
OUF!
IL EST BÊTE OU QUOI?
¡¡ BOOOMM !!

*comme nous pourrons le voir dans les numéros suivants, Soson Goku est un expert en démolition.

Purée! Il continue de pleuvoir des cailloux!

*son d'un crâne qui se fend en répandant de la matière cérébrale en abondance.

Après tout ce raffut Chun Gohan décida de recueillir l'enfant désorienté (le sale gosse). Il le baptisa Soson Goku et lui assigna certaines taches ménagères (les pires). Il vécut (en esclavage) heureux avec son nouveau grand-père jusqu'à une fatale nuit d'Halloween, durant laquelle ...

PAPY! ENVIE PIPI!
TRÈS BIEN, TU PEUX SORTIR MAIS N'OUBLIE PAS QUE JUSTE APRÈS, TU DOIS SERVIR LE DÎNER.
...
¡GROOARR!
¡¡CRUNNCH!!
QU'EST-CE QU'IL Y A ENCORE? QUELLE NOUVELLE CALAMITÉ PEUT BIEN TOMBER SUR CETTE MAISON?

Et oui, durant cette nuit fatidique, on découvrit la capacité qu'a Soson Gokou de se transformer en une bête terrible qui...qui... Bon, sur ce....

Après la disparition de son grand père, Soson Gokou, à nouveau normal, continua à vivre dans ce qu'il restait de la maison, qu'il répara comme il put...

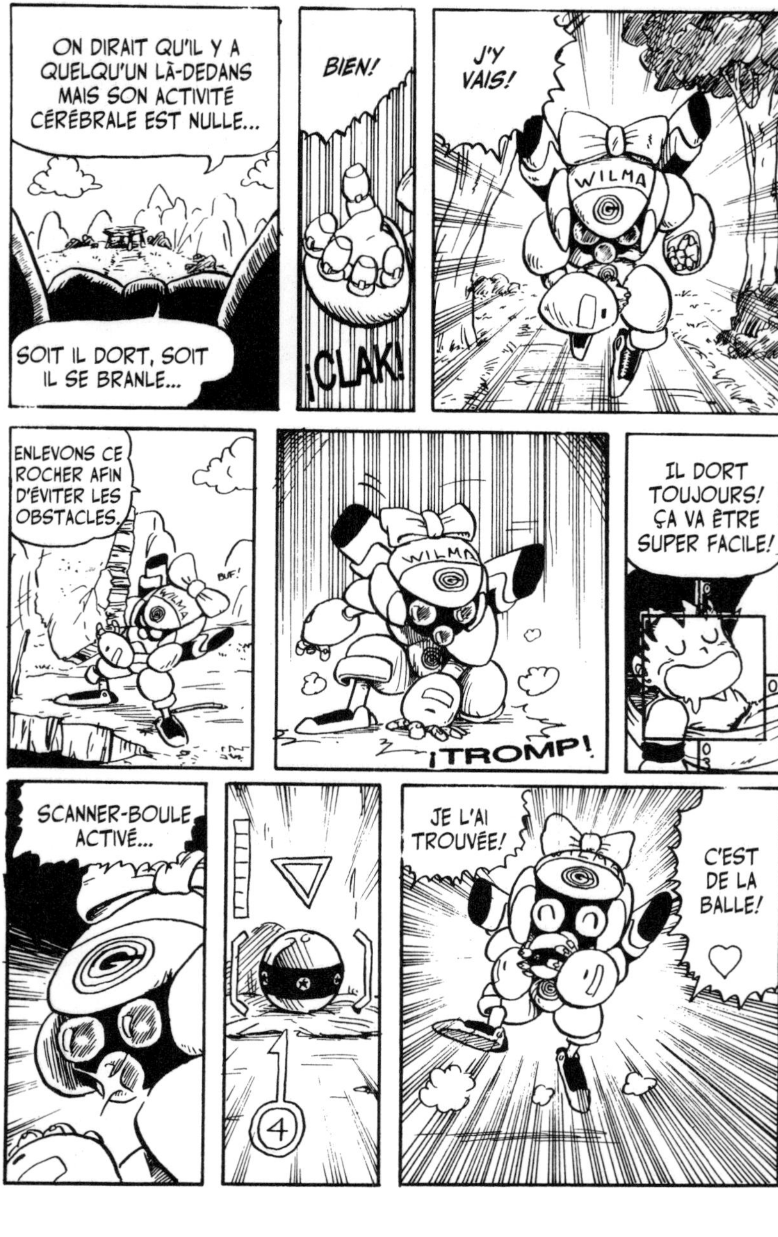
ON DIRAIT QU'IL Y A QUELQU'UN LÀ-DEDANS MAIS SON ACTIVITÉ CÉRÉBRALE EST NULLE...
SOIT IL DORT, SOIT IL SE BRANLE...
BIEN!
¡CLAK!
J'Y VAIS!
WILMA
ENLEVONS CE ROCHER AFIN D'ÉVITER LES OBSTACLES.
BUF!
WILMA
WILMA
¡TROMP!
IL DORT TOUJOURS! ÇA VA ÊTRE SUPER FACILE!
SCANNER-BOULE ACTIVÉ...
4
JE L'AI TROUVÉE!
C'EST DE LA BALLE!

OUPS! QU'EST-CE QUE JE FABRIQUE? S'IL SE RÉVEILLE, J'AURAI TOUT FAIT RATER...!
WILMA
JRRZ! MURMM!
C'ÉTAIT QUOI ÇA!!!
J'AI CE QUE JE VOULAIS, ÉCLIPSONS-NOUS...
TAÏAU, TAÏAU!
HEIN? QUI? QUOI? J'AI RÊVÉ QUE QUELQU'UN ÉTAIT ICI...
AH! MON GRAND-PÈRE! IL A DISPARU!
SNIF! SNIF!
QUELQU'UN ÉTAIT RÉELLEMENT ICI!

Il a l'air con...

SNIFF! SNIFF! IL EST PARTI PAR LÀ! JE LE VOIS D'ICI...!
REVIENS-LÀ! T'ENFUIS PAS!
PAF!
AÏE!

AYAYAÏE! COMMENT J'AI MAL! CE MACHIN EST SUPER DUR!
AU SECOURS! JE NE PEUX PLUS ME RELEVER!
QUI ES-TU? POURQUOI AS-TU UNE CARAPACE?
...
WILMA
MIEUX VAUT NE PAS CONTRARIER CETTE BRUTE.
¡CLACK!
...
PFFF...
PFFF...
AH! IL AVAIT MANGÉ UN MONSIEUR...!
...
MMM...!
...
POUÊT! POUÊT!
BAF!
NON, C'EST UNE DAME...

PFFT!
T'ES CONTENT! T'AS BOUSILLÉ MON MECHA-SUIT! IL EST FOUTU MAINTENANT!
WILMA
CLAC!
MAIS T'ES QUI TOI? ET POURQUOI TU ÉTAIS DANS CE MÉKA-CHÉPAKOI?
...
ET POURQUOI TU VOULAIS EMMENER MON GRAND-PÈRE? HEIN?
CHOF!
FLOP!
MAINTENANT, JE N'AI PLUS QU'UNE PAIRE DE VÉHICULE SANS BLINDAGE NI ARMEMENT! C'EST MALIN! T'ES QU'UN CRÉTIN!

TOI...TU ES CELLE QUI A TRANSFORMÉ MON GRAND-PÈRE EN BOULE!
....
BEN... JE NE ME SOUVIENS PAS D'AVOIR FAIT ÇA...
QUEL GRAND PÈRE?
"MON GRAND-PÈRE. NOUS VIVIONS DANS SA MAISON JUSQU'À CE QU'UNE NUIT, ELLE S'ÉCROULE PENDANT QUE JE DORMAIS. À MON RÉVEIL J'AI TROUVÉ CETTE BOULE ET UN MOT..."
Je suis ton grand-père. Je me suis transformé. STP prends soin de moi et n'abandonne jamais cet endroit.
TU SERAIS PAS LA SORCIÈRE QUI A DÉTRUIT NOTRE MAISON ET TRANSFORMÉ MON GRAND-PÈRE?
MOI?
T'AS DES POUVOIRS, NON?
BON, ON PEUT DIRE QUE J'AI UN CERTAIN POUVOIR QUE TOI TU N'AS PAS... MAIS JE NE L'AI JAMAIS UTILISÉ CONTRE PERSONNE!
HÉ, HÉ...
AH!
TU ES UNE BONNE FÉE ALORS! NON?

ET POURQUOI VOULAIS-TU EMPORTER MON GRAND PÈRE?
PEUT-ÊTRE POUR LUI REDONNER FORME HUMAINE?
. . . . .
BON. JE VAIS DEVOIR TOUT LUI DIRE POUR LE FAIRE TAIRE.
POUR COMMENCER, REGARDE ÇA...!
AH! CE SONT D'AUTRES MESSIEURS ENSORCELÉS?
NON, IMBÉCILE, CE SONT LES BOULES DE KEHU-RON!
Il y a huit boules au total, plus une blanche. La légende dit qu'elles appartenaient à Dyeu, qui jouait avec au billard, jusqu'à ce qu'il arrête à cause de problèmes cardio-vasculaires. Il leur conféra alors le pouvoir, lorsqu'elles sont toutes réunies, d'invoquer le Grand Dragon Kehu-Ron qui exaucera le vœu, quel qu'il soit, de celui qui l'aura invoqué. Son pouvoir est infini.

On vous avait dit qu'il était con!

JE VAIS FAIRE SORTIR UN VÉHICULE ET TU VERRAS QU'IL N'Y A RIEN DE MAGIQUE...
CECI EST UNE DRAGÉE MOLÉCULAIRE. ELLES SONT FABRIQUÉES PAR LA "DRAGÉE CORP", ELLES PEUVENT CONTENIR N'IMPORTE QUEL OBJET MINIATURISÉ PAR UN PROCÉDÉ INDUSTRIEL. TU ME SUIS?
NON.
TANT PIS. SI JE MOUILLE LA DRAGÉE AVEC DE L'EAU FROIDE, ÇA VA STIMULER LES MOLÉCULES ALTÉRÉES ET RENDRE À L'OBJET SA TAILLE INITIALE. OUVRE GRAND TES YEUX!
TERMO
TU DOIS TOUJOURS AVOIR SUR TOI UN THERMOS D'EAU FROIDE ET UN AUTRE AVEC DE L'EAU CHAUDE. C'EST NÉCESSAIRE POUR UTILISER CES DRAGÉES...
OBSERVE LA RÉACTION. LA DRAGÉE SE DÉCOMPOSE ET LE VÉHICULE SE DILATE.
CHAF!
FLOP!
(ZIUUUUUUUUU!)
MAINTENANT, MATE-MOI CE BIJOU DE TECHNOLOGIE QUI VA APPARAÎTRE DEVANT TES YEUX ÉBAHIS... HÉ, HÉ, HÉ!

....
JE PIGE PAS! SELON LA DOC, DANS LA D-5 IL DEVRAIT Y AVOIR UN TOUT-TERRAIN...!
Y'A QUOI LÀ-DEDANS?
DES REVUES?
SEX
C'EST LA DRAGÉE OÙ MON *Q$%>§ DE PÈRE PLANQUE SES MAGAZINES DE CUL!!!
VIVE LES BANANES
HEY, Y'A PLEIN DE QUEUES ET DE BOULES LÀ DEDANS...
LES ENFANTS NE DOIVENT PAS LIRE CE GENRE DE CHOSES!
AH!
QUE FAIRE MAINTENANT? IL ME RESTE PLUS QU'UNE DRAGÉE AVEC VÉHICULE!
OUI, CELLE-CI! LA D-7. C'EST UNE BARQUE MOTORISÉE! C'EST PAS MAL SI ON TROUVE UNE VOIE FLUVIALE!

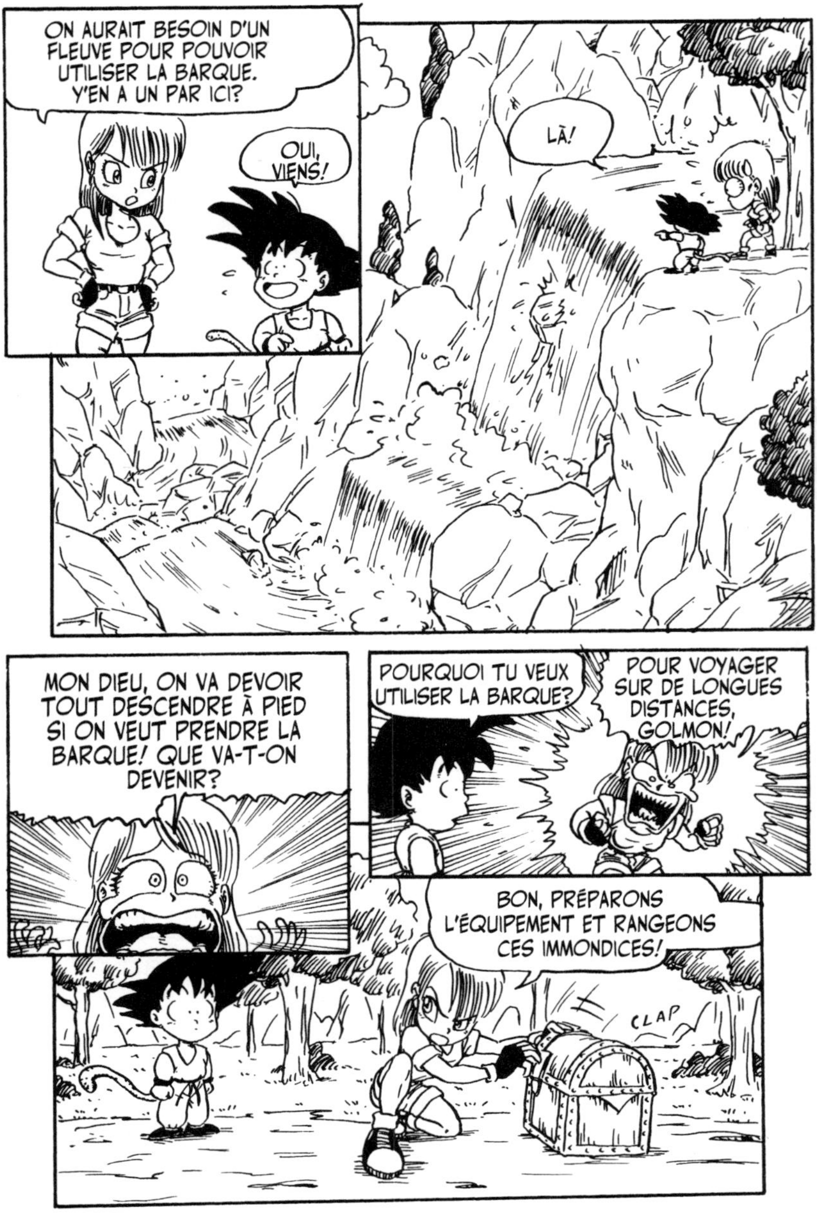
ON AURAIT BESOIN D'UN FLEUVE POUR POUVOIR UTILISER LA BARQUE. Y'EN A UN PAR ICI?
OUI, VIENS!
LÀ!
MON DIEU, ON VA DEVOIR TOUT DESCENDRE À PIED SI ON VEUT PRENDRE LA BARQUE! QUE VA-T-ON DEVENIR?
POURQUOI TU VEUX UTILISER LA BARQUE?
POUR VOYAGER SUR DE LONGUES DISTANCES, GOLMON!
BON, PRÉPARONS L'ÉQUIPEMENT ET RANGEONS CES IMMONDICES!
CLAP

Et c'est ainsi que Wilma et Soson Goku commencèrent leur voyage en quête des autres boules de Kehu-Ron...
Ils arrivèrent enfin à la plaine...
....
4 HEURES...! 4 HEURES POUR DESCENDRE CETTE PENTE! ELLE ÉTAIT QUASI-VERTICALE! J'AI PLUS DE JAMBES...!
T'ES UNE FILLE BIEN DÉLICATE... TU MANQUES DE RESSOURCES...
DIS PAS DE CONNERIES!
BIEN, ON PEUT SORTIR LA BARQUE MAINTENANT. TROUVONS UNE ZONE DÉGAGÉE.
LÀ, IL SUFFIT DE LA JETER À L'EAU. JE VAIS EN PROFITER POUR REMPLIR LES THERMOS...
VROOMM!!
POUÊT POUÊT!
HEIN?
WAHOU! UN VÉHICULE! QUELQU'UN QUI PEUT NOUS EMMENER BEAUCOUP PLUS RAPIDEMENT!

TUF
TUF
VROOMM!!
OPTIMUS
HÉ! PAR ICI! ARRÊTEZ-VOUS SVP!
VROOMM!
WAAH! QUELLE GROSSE BESTIOLE!
IIIIIIIIH!!!
TIENS! QU'EST-CE QU'ON A LÀ? JE T'EMMÈNE QUELQUE PART?
OUI, SVP. POURRIEZ-VOUS NOUS EMMENER MOI ET LE GAMIN JUSQU'À LA CÔTE?

GAMIN? QUEL GAMIN? JE NE VOIS AUCUN...
CROUNCH!
REGARDE WILMA! J'AI BLESSÉ LE MONSTRE!
....
PESSIMUS
IL A RUINÉ MON CAMION! JE VAIS LE TUER!
DU CALME!
BON, VOUS ÊTES QUI, À LA FIN?
BON, MOI C'EST WILMA ET CE GOSSE C'EST SOSON GOKU. ON VA VERS LA CÔTE AFIN DE TROUVER QUELQU'UN...
...
BEN VOUS AVEZ DE LA CHANCE, JE VAIS DANS CETTE DIRECTION. JE M'APPELLE *ENERYANSHA*.
COMMENT? ENERGYZER?
NON! C'EST ENERYANSHA! NE ME POSE PLUS JAMAIS CETTE QUESTION!

CETTE FILLE EST UNE VRAIE COINCÉE DU CUL!

ÇA VA TON CAMION?
ÇA N'A PAS L'AIR TRÈS GRAVE, ÇA DEVRAIT MARCHER SI ON FORCE PAS TROP.
C'EST QUOI UN CAMION?
PESSIMUS
TRÈS BIEN! MONTEZ ET METTONS-NOUS EN ROUTE!
ÇA VA SI JE T'APPELLE YANSHA, POUR FAIRE COURT?
VROOM!
ÇA M'EST ÉGAL...
LE SCANNER-BOULE POINTE VERS LA DIRECTION QU'ON A PRISE.
C'EST SUPER! CE TORDU GÉNIAL SE TROUVE PILE POIL SUR NOTRE CHEMIN!
C'EST QUOI UN TORDU?
ELLE EST TOUTE CONTENTE MAINTENANT... QU'EST-CE QU'ELLE MANIGANCE?

Quelques heures plus tard...
OUF! CE TRUC ME DONNE TROP CHAUD!
DIS, CE CAMION EST TRÈS SPACIEUX NON?
OUI, IL EST SUPER ÉQUIPÉ, C'EST PRESQUE MA MAISON.
J'AI UN FRIGO ET UN FOUR POUR MES REPAS DANS LA PARTIE ARRIÈRE DE LA CABINE. J'AI EN PLUS UN ÉTUI DE DRAGÉES DE CAMPING. JE SUIS PRESQUE AUTOSUFFISANT.
ET ÇA, C'EST QUOI?
TAC!
B
NOOOON!! NE TOUCHE PAS CE BOUTON!
OPTIMOISI

¡BOOMMMM!!
¡TROMP!
QU'EST-CE QUE JE FAIS LÀ? JE DOIS COMBATTRE LES TERRIBLES DECEPTICONS!
POUR LA MATRICE!
ZUUUUUUUUUM!!
AH, ÇA SERVAIT À ÇA...
....

....
JE VAIS BUTER CE MORVEUX! LE BUTER, LE BUTER, LE BUTEEER!
COGNE!
Et le voyage se poursuit, à un rythme sensiblement ralenti...
SGRUNT
BUF BUF
?
DIS! ET TOI, POURQUOI TU NOUS ACCOMPAGNES SI T'AS PLUS TON CAMION?
BEN PARCE QUE J'APPORTE LE PAQUET À TORDU GÉNIAL ET...
LE PAQUET!
ARRGG!
Après cette...ahem...stupide interruption, le voyage continue...
?

Et une scène que l'on a déjà vue, se répète à nouveau...

BON... ARF, ARF. BONJOUR... ARF, NOUS CHERCHONS TORDU GÉNIAL... ARF. VOUS LE CONNAISSEZ?
SNORT!
GASP!
ARF!! ARF!!
?
JE SUIS, TOUT SIMPLEMENT, LE TORDU GÉNIAL DONT VOUS PARLEZ, ET CELUI-LÀ C'EST MON DISCIPLE, LA TORTUE.
NOUS T'APPORTONS... QUELQUES PRÉSENTS AFIN D'OBTENIR... TES FAVEURS.
OUF!
OUF!
TOI LE NABOT, LE PAQUET!
OUI, JE L'AI SUR MOI...
POSE-LE LÀ!
CE PETIT N'A PAS L'AIR TRÈS DÉGOURDI...

BLAFF!
EH BIEN... QU'AVONS-NOUS LÀ?
VOUS Y TROUVEREZ QUELQUES 150 EXEMPLAIRES DE CES REVUES QUE VOUS AIMEZ TANT, MAÎTRE TORDU.
BON... OÙ J'AI MIS LES DRAGÉES?
CHERCHE CHERCHE
BON, LA TORTUE OUVRE-LE QUE JE REGARDE ÇA!
EUH, OUI...
....
GROROBERT
ZOO PEN
DARD HARD
...!!!
...

D'OÙ TU SORS TOI?
HÉ, LÂCHE-MOI!
LAISSE-LE LA TORTUE, JE VAIS VÉRIFIER LE MATOS!
...
¡¡ZOOM!!
CELLE-LÀ ME PLAIT...
PIS CELLE-CI...
ÇA AUSSI...
ÇA J'AI DÉJÀ...
ÇA DÉJÀ LU...
ÇA...
C'EST BON...MA RÉCOMPENSE EST ASSURÉE!
TU VIS DANS CETTE MAISON?
TU RÊVES!
IL A DÛ S'INFILTRER DURANT UN MOMENT D'INATTENTION. HEIN, PETIT ENFOIRÉ!
C'EST TA FAUTE, TU METS TROIS PLOMBES QUAND TU PISSES...

J'APPRÉCIE ÉNORMÉMENT TON CADEAU! VOYONS MAINTENANT QUELLE SERA TA RÉCOMPENSE...
ÉCOUTE, PAPY, MOI AUSSI J'EN AI DES COMME ÇA, REGARDE!
LÀ-DEDANS?
OUI, VENEZ...
NON! QU'EST-CE QUE C'EST QUE ÇA?
HEIN? VOUS N'AIMEZ PAS?
C'EST MERVEILLEUX! LES K7 QUE J'AI CHERCHÉES DÉSESPÉRÉMENT PENDANT DES ANNÉES!
CE PRÉSENT EST D'UNE IMMENSE VALEUR! JE VAIS VOUS DONNER UNE RÉCOMPENSE!
TROP GÉNIAL!
HÉ! ET MOI?

SUIVEZ-MOI, JE VAIS TROUVER QUELQUE CHOSE À VOUS OFFRIR.
QU'EST-CE QUE J'AVAIS LÀ MOI DÉJÀ? ALORS...
TROMP!
ÇA, ÇA, ON VEUT ÇA, MERCI!
...
BON, BEN SI TU LES VEUX, GARDE-LES... MAIS POURQUOI CES BOULES?
JE JOUAIS À LA PÉTANQUE AVEC...
MAIS JE VOULAIS LEUR OFFRIR AUTRE CHOSE. C'ÉTAIT QUOI DÉJÀ? ME SOUVENIR, ME SOUVENIR.
GRATTE GRATTE
AH, OUI!
KINDER!!
SURPRISE!

?
CECI EST LE BALLON MAGIQUE KINDER. IL EST VIVANT, ET PEUT VOUS TRANSPORTER À N'IMPORTE QUELLE DISTANCE, C'EST MON CADEAU.
MAIS CE QU'ILS IGNORENT, C'EST QU'IL NE TRANSPORTE QUE CEUX DONT L'INTELLIGENCE EST INFÉRIEURE À CELLE D'UN BALLON PLEIN D'AIR! HÉ, HÉ, HÉ, QUEL ENFOIRÉ JE FAIS...
HOP!
OUI, C'EST BIEN...
HÉ! IL VOUS RESTE QUELQUE CHOSE POUR MOI?
AH OUI! UN INSTANT, JE PENSE AVOIR AUTRE CHOSE QUI...
ÇA DEVRAIT TE PLAIRE. ON ME L'A APPORTÉ DES LOINTAINES TERRES DE L'ORIENT.
©AMBLIN

YIP!
IL EST TRÈS INTELLIGENT ET AFFECTUEUX ET EN PLUS IL EST PROPRE, C'EST UN COMPAGNON IDÉAL POUR TOI.
SMACK!
IAAAAARRGGH!
SON NOM EST PUAS ET VOUS DEVIENDREZ DES AMIS INSÉPARABLES.
IUAAAH!!
MAIS POURQUOI JE VOUDRAIS D'UNE PELUCHE POUR NUNUCHE MOI?

SALETÉ...
TCHACK!
GORGOGGOGGUG...
YIP
MAÎTRE TORDU, ON A DE NOUVEAUX VISITEURS!
ON SE CROIRAIT DANS UN HÔTEL FORMULE UN ICI!
ET TOI QUI ES-TU?
RAVI DE VOUS RENCONTRER MAÎTRE TORDU, JE SUIS TIKRILIN, ET J'AI UN PRÉSENT POUR VOUS.
...
JE SAIS QUE VOUS AIMEZ LES P'TITES JEUNES, CE CADEAU DEVRAIT ÊTRE D'UNE GRANDE VALEUR POUR VOUS...
MAIS C'EST CHICHA LA FILLE DE L'OGRE YUMAS!

OUF! J'AI EU PEUR!
...
MAÎTRE TORDU, CETTE SALE TÊTE D'ŒUF M'A ENLEVÉE ET MISE DANS CE SAC, ALORS QUE JE VENAIS VOUS TRANSMETTRE UN MESSAGE DE MON PÈRE!
AH, OUI?
MAÎTRE TORDU, JE SUIS UN GARÇON QUI A TRÈS PEU DE MOYENS. J'ESPÉRAIS JUSTE QUE CE CADEAU ME FACILITERAIT LA VIE...
BON... JE DOIS DIRE QUE LE PROCÉDÉ N'A PAS ÉTÉ TRÈS CORRECT, JE NE PEUX DONC PAS TE RÉCOMPENSER MON GARÇON...
PEUT-ÊTRE QUE SI T'EN AVAIS CHOISI UNE AUTRE...MAIS SI TU VEUX, TU PEUX DEVENIR MON DISCIPLE.
ET QUEL EST LE MESSAGE DE TON PÈRE, CHICHA?
C'EST UN APPEL À L'AIDE, TU DOIS ALLER À NOTRE CHÂTEAU AU PLUS VITE!
BON, DANS CE CAS, JE DOIS PARTIR DE SUITE. LA RÉCRÉ EST FINIE, NOUS DEVONS NOUS METTRE EN ROUTE.

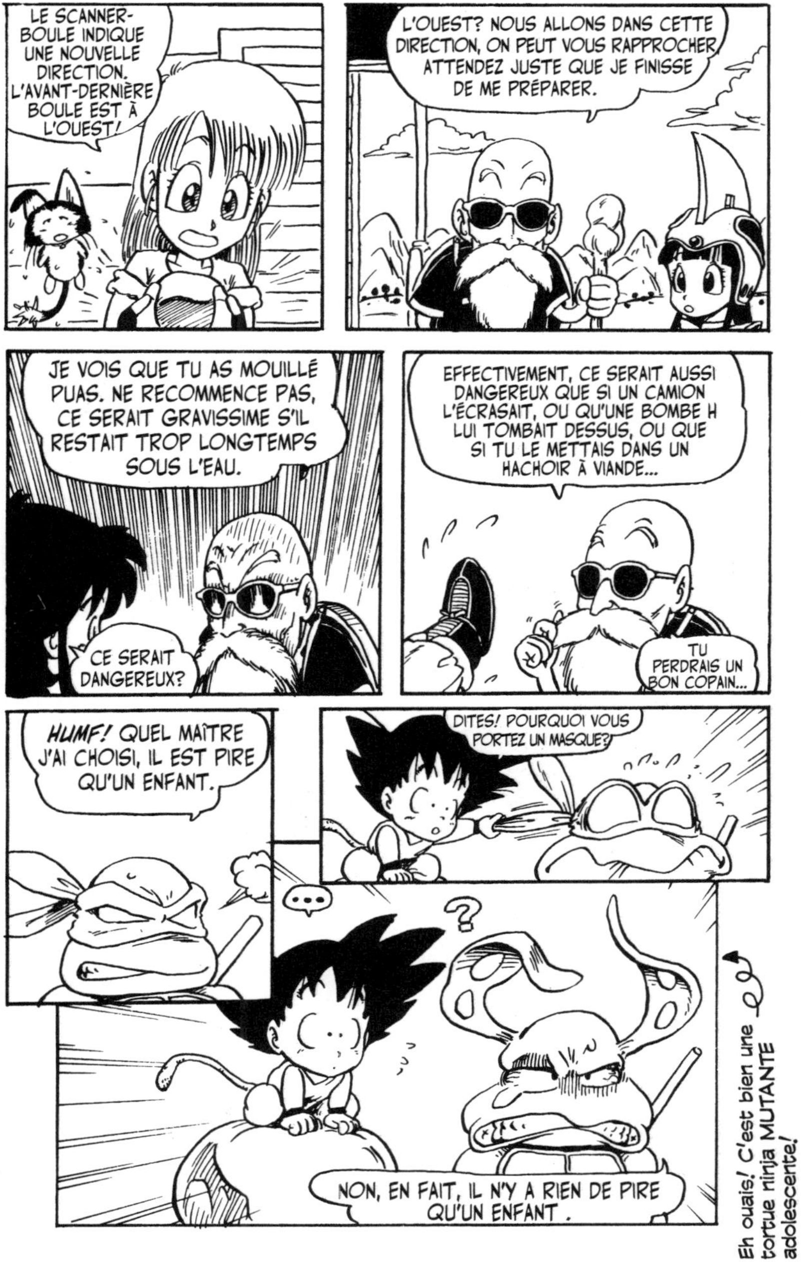
LE SCANNER-BOULE INDIQUE UNE NOUVELLE DIRECTION. L'AVANT-DERNIÈRE BOULE EST À L'OUEST!
L'OUEST? NOUS ALLONS DANS CETTE DIRECTION, ON PEUT VOUS RAPPROCHER, ATTENDEZ JUSTE QUE JE FINISSE DE ME PRÉPARER.
JE VOIS QUE TU AS MOUILLÉ PUAS. NE RECOMMENCE PAS, CE SERAIT GRAVISSIME S'IL RESTAIT TROP LONGTEMPS SOUS L'EAU.
CE SERAIT DANGEREUX?
EFFECTIVEMENT, CE SERAIT AUSSI DANGEREUX QUE SI UN CAMION L'ÉCRASAIT, OU QU'UNE BOMBE H LUI TOMBAIT DESSUS, OU QUE SI TU LE METTAIS DANS UN HACHOIR À VIANDE...
TU PERDRAIS UN BON COPAIN...
HUMF! QUEL MAÎTRE J'AI CHOISI, IL EST PIRE QU'UN ENFANT.
DITES! POURQUOI VOUS PORTEZ UN MASQUE?
...
?
NON, EN FAIT, IL N'Y A RIEN DE PIRE QU'UN ENFANT.
Eh ouais! C'est bien une tortue ninja MUTANTE adolescente!

QU'EST CE QUE JE PEUX DONNER À CE MORVEUX POUR QU'IL NE RÉVÈLE PAS MON SECRET?
UN COUP DE PIED AU CUL?
REGARDE PETIT. JE TE DONNE MON BÂTON SI TU PROMETS DE NE PAS PARLER PARTOUT DE MES OREILLES... OK?
BIEN... JE SERAI LE DISCIPLE DE MAÎTRE TORDU... PARDON POUR TOUT À L'HEURE.
FERME-LA!
SOSON GOKU, D'OÙ TU SORS CE BÂTON?
C'EST LA TORTUE QUI ME L'A DONNÉ POUR QUE JE NE PARLE PAS PARTOUT DE SES OREILLES. IL EST TRÈS AIMABLE.
TRÈS BIEN, ON VA SE METTRE EN CHEMIN. TOUT LE MONDE EST PRÊT?

PLIF!
CHLAF!!
BIEN, LE VÉHICULE EST PRÊT POUR LE VOYAGE, ON PART QUAND VOUS VOULEZ.
火の鳥
JE VOUS CONFIE LA MAISON JUSQU'À MON RETOUR. SOYEZ SAGES.
...
...
BON, JE PENSE QUE JE VAIS PARTIR AVEC EUX, ÇA DEVRAIT ÊTRE INTÉRESSANT.
YIP!
LA NANA EST TROP BONNE!
VROOMM!!
LÂCHEZ-MOI PAPY! JE N'ARRIVE PAS À PILOTER!
OUAAHH!
CHATEAU DE YUMA

Arrivés à terre.

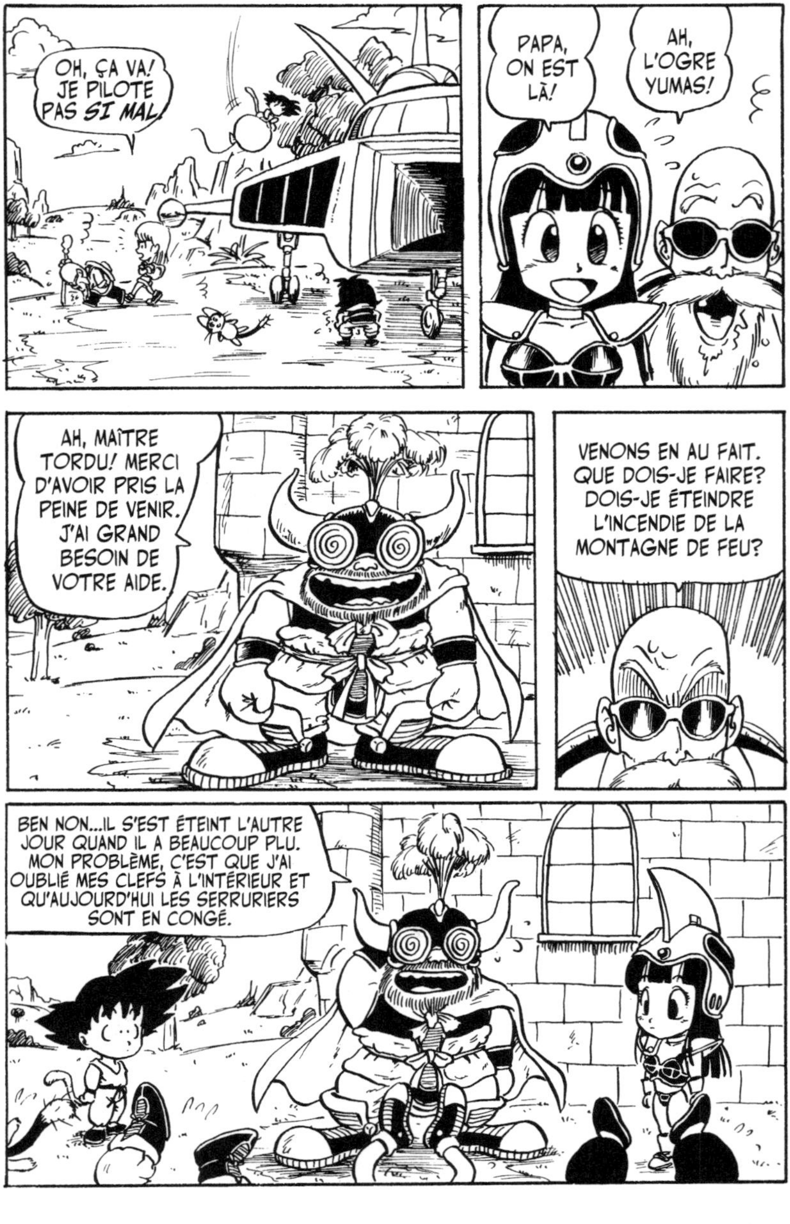

ET ON PEUT SAVOIR POURQUOI, MOI, JE POURRAIS OUVRIR TA PORTE? EXPLIQUE-MOI QUE JE COMPRENNE!
BEN, MAÎTRE, VOUS N'AVEZ QU'À UTILISER UNE DE CES CLEFS DE BRAS DONT VOUS M'AVEZ SI SOUVENT PARLÉ!
EST-IL POSSIBLE QUE J'AI ÉTÉ LE MAÎTRE DE CET ATTARDÉ MENTAL?
D'ACCORD, JE VAIS T'AIDER. MAIS QUE CE SOIT LA DERNIÈRE FOIS?
ARF! CHUIS TROP VIEUX POUR CES CONNERIES!
JE VAIS UTILISER MA TECHNIQUE LA PLUS LÉGENDAIRE ET DÉVASTATRICE: LE KAME-RAKA-FEU!
OH! LE MAÎTRE VA UTILISER SA TECHNIQUE LA PLUS LÉGENDAIRE ET DÉVASTATRICE! COMMENT IL A DIT QUE ÇA S'APPELAIT DÉJÀ?
D'ABORD, INSPIRER.
SNIIIIIRRRFF!

SNIKT!
タルゴ
NUFF SAID!
STAN

....
...
OULALA, PAS FACILE DE RESTER DRESSÉ ET DUR LONGTEMPS...
...ENFIN, À MON ÂGE C'EST PLUTÔT NORMAL.
PRRRRRTZ
ON S'EN DOUTE.
C'EST PAS CE QUE VOUS PENSEZ!
ÇA NE M'EMPÊCHERA PAS D'EXÉCUTER MA TECHNIQUE LÉGENDAIRE Z'ALLEZ VOIR!
KAAAMEEEE!
RAAAKAAA!

!!!
C'EST PAS BIENTÔT FINI DE FAIRE LES CONS!
MERDE...J'AI PERDU LE FIL... OÙ J'EN ÉTAIS? AH OUI! EUH... KAME... RAKA...
FEU!

¡¡PTANNG!!
SUPER, IL A RÉUSSI!
QUE VOUS ÊTES FORT, MAÎTRE TORDU!
À MON ÂGE, JE NE PEUX PAS FAIRE PLUS.
?
ALARME!
ALARME
OOOEEEEOOO
ALARME!

Ben, on vous avait prévenus.

¡¡BROOOUMMMMM!!
...!!!
VOUS... VOUS AVEZ VU, MAÎTRE? IL A RÉUSSI À FAIRE LE KAME-RAKA-FEU SANS ENTRAÎNEMENT, NI PRÉPARATION...
MAÎTRE TORDU! QU'EST CE QUE VOUS FOUTEZ PAR TERRE? POURQUOI VOUS PLEUREZ?

CRACK
...
HA, HA, HA! C'EST SUPER AMUSANT! ENCORE UNE FOIS! ENCORE UNE FOIS!
CE GAMIN N'EST PAS NORMAL!
MA...MA MAISON!
FAUT QU'ON SE BASTONNE!
QUEL HOMME!
ALLEZ, CHERCHONS LA BOULE DANS LES DÉCOMBRES AVANT QUE YUMAS NE RÉAGISSE!

J'AI RÉUSSI! CET APPAREIL FONCTIONNE!
C'EST VRAIMENT UNE ARME FATALE!
HÉ, DITES! ET MES CLOPES?
REGARDE YANSHA, JE L'AI TROUVÉ!
COUCOU, JE SUIS LÀ
DIS WILMA, PAR LÀ ON VOIT DES TRUCS UN PEU...

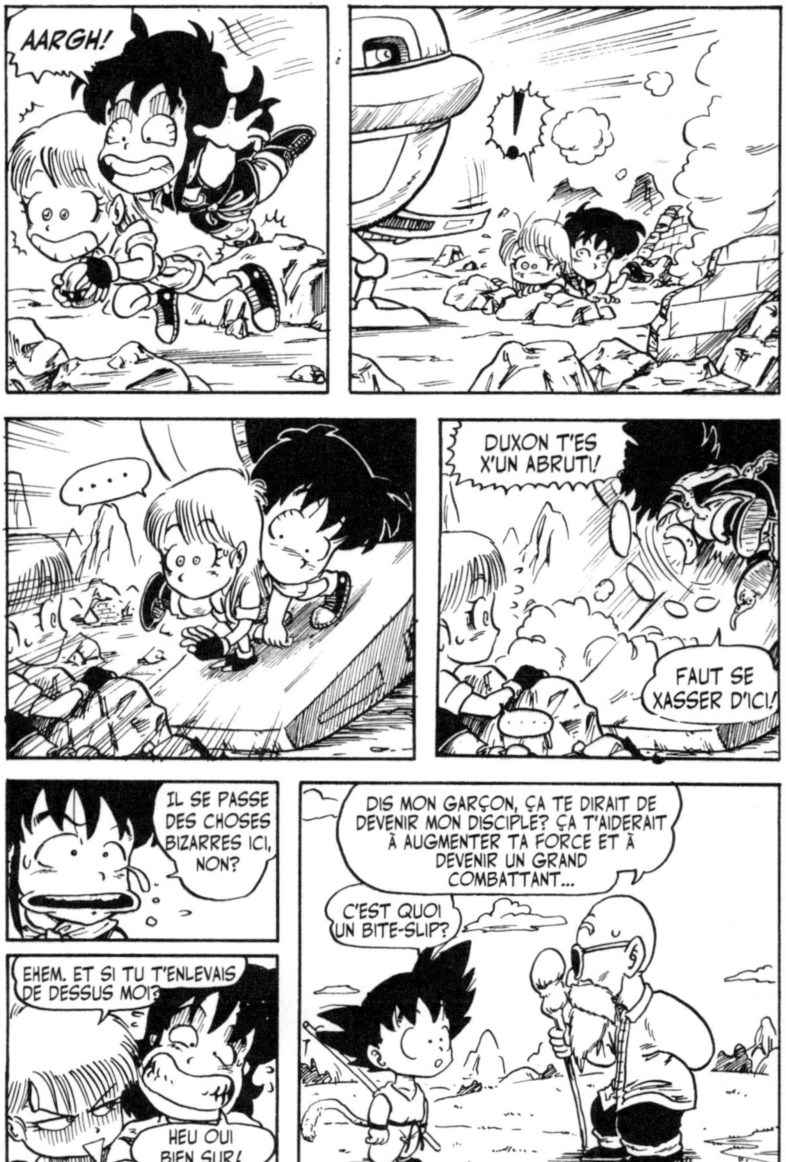
AARGH!
!
....
DUXON T'ES X'UN ABRUTI!
FAUT SE XASSER D'ICI!
IL SE PASSE DES CHOSES BIZARRES ICI, NON?
EHEM. ET SI TU T'ENLEVAIS DE DESSUS MOI?
HEU OUI BIEN SUR!
DIS MON GARÇON, ÇA TE DIRAIT DE DEVENIR MON DISCIPLE? ÇA T'AIDERAIT À AUGMENTER TA FORCE ET À DEVENIR UN GRAND COMBATTANT...
C'EST QUOI UN BITE-SLIP?

....
ILS N'ONT TOUJOURS PAS RÉAGI?
...
...!!!
MON CHOU! TON ÉQUIPEMENT N'EST PAS HUMAIN!
GNG!
QU'EST-CE T'AS?
NE M'ATTRAPE PAS PAR LÀ DE CETTE FAÇON, ÇA M'ENLÈVE TOUTES MES FORCES!
AHA! VOILÀ UNE DÉCOUVERTE INTÉRESSANTE!
LE POINT FAIBLE DE CE GOSSE EST...
....
LE MÊME QUE LE MIEN...!

MA...MA MAISON...
MAIS ENFIN RÉAGISSEZ!
BON, FAUT SE BARRER À LA RECHERCHE DES BOULES SUIVANTES. TIENS, C'EST CURIEUX, D'APRÈS LE SCANNER-BOULE ELLES SONT TOUTES LES DEUX ENSEMBLE!
LES ASTRES M'ONT PARLÉ, LE JOUR EST ENFIN VENU... LE MOMENT DE RÉUNIR TOUT LE POUVOIR NÉCESSAIRE À MES PLANS...
HUIT BOULES... HUIT SOURCES D'UN POUVOIR DÉMESURÉ QUI PEUT ME DONNER LA CLEF DE *TOUT!*
ET QUAND CETTE CLEF SERA EN MON POUVOIR! QUAND LES 8 BOULES SERONT RÉUNIES! AUCUN POUVOIR, NI AUCUNE ENTITÉ SUR TERRE NE POURRA M'EMPÊCHER DE SAVOIR ENFIN *OÙ EST CHARLIE!*
HA, HA, HA!

Laissons pour l'instant ce personnage énigmatique et allons retrouver nos protagonistes...

DIS WILMA, ÇA TE DÉRANGE SI JE VIENS AVEC VOUS? C'EST QUE JE NE SAIS PAS OÙ ALLER.
AAAARRRRGH!
OÙ EST CE GAMIN?
Quelle horreur! Quelle frayeur! Même les auteurs se font dessus!
MAMAN...
AU SECOURS...
AAAH...
NON...
QUI, MOI?
TU AS DÉTRUIT MON DOMAINE! MA VENGEANCE SERA TERRIBLE!
FUIS POUR TA VIE!
COMMENT? QUE JE COURE?

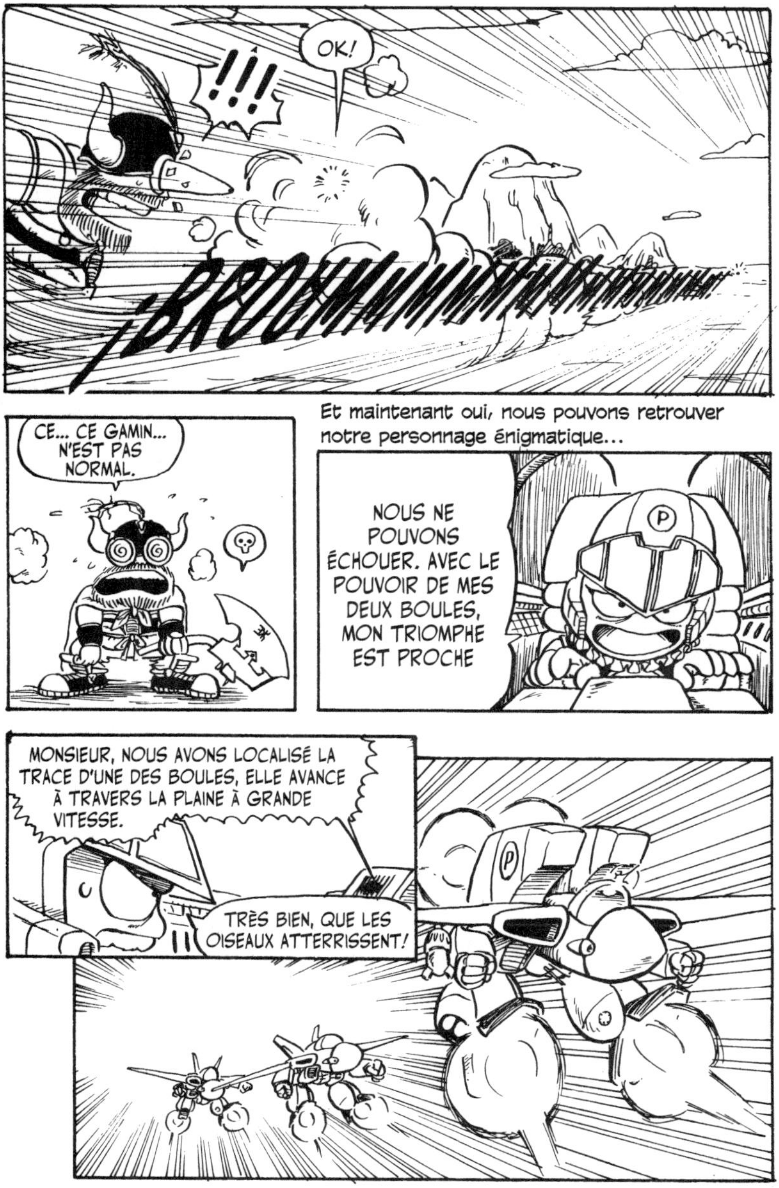
!!!
OK!
¡BROOMMMMMMMMMMMM!
CE... CE GAMIN... N'EST PAS NORMAL.
Et maintenant oui, nous pouvons retrouver notre personnage énigmatique…
NOUS NE POUVONS ÉCHOUER. AVEC LE POUVOIR DE MES DEUX BOULES, MON TRIOMPHE EST PROCHE
MONSIEUR, NOUS AVONS LOCALISÉ LA TRACE D'UNE DES BOULES, ELLE AVANCE À TRAVERS LA PLAINE À GRANDE VITESSE.
TRÈS BIEN, QUE LES OISEAUX ATTERRISSENT!

HALTE LÀ!
PILILAF TE L'ORDONNE!
ON M'A DIT DE COURIR ALORS JE COURS!
HÉ! IL S'ARRÊTE PAS!
PRÉPAREZ-VOUS À L'INTERCEPTION!
¡¡KATAKRASH!!
ZOOOMMMMMM...

...!!
BIP BIP!
ZOOOUUUAAAHHHHHH
?
PUTAIN, QUELLE RACLÉE!
TIENS ENCORE DES MESSIEURS RAPETISSÉS!
QUOI? OÙ LES AS-TU TROUVÉES?
!!
VROO
ON LES A! ON A LES HUIT BOULES! ON PEUT ENFIN INVOQUER KEHU-RON!
AH OUI? C'EST BIEN!
ARF
ARF
ARF
?

BEN, ON DIRAIT QU'IL NE SE PASSE RIEN...
...
IL DEVRAIT SE PASSER QUOI?
UN INSTANT! UN, DEUX, TROIS... IL Y EN A HUIT!
ET ALORS?
BEN, ELLES DEVRAIENT ÊTRE HUIT PLUS LA BLANCHE! ET ICI IL Y EN A HUIT EN COMPTANT LA BLANCHE! IL NOUS MANQUE UNE BOULE! MAIS COMMENT..?
LE SCANNER-BOULE N'INDIQUE LA PRÉSENCE D'AUCUNE AUTRE BOULE. LE SIGNAL INDIQUE QU'ELLES SONT TOUTES ICI!
TIT TIT TIT
MAIS LES BOULES QUE NOUS AVIONS, SOSON GOKU ET MOI, PLUS LES DEUX QU'ON VENAIT D'OBTENIR, SONT TOUTES ICI! *QUI?*
...

IL EN A UNE, FOUILLONS-LE!
!?
OUCH!
EEEK!
AÏE!
ET ÇA, C'EST QUOI?
ET ÇA?
...
ELLE APPARAIT SUR LE SCANNER-BOULE, C'EST LA BOULE QUI MANQUAIT!
D'OÙ TU SORS CETTE BOULE?
JE SAVAIS PAS, MOI. UN COLPORTEUR ME L'A VENDUE EN M'ASSURANT QUE C'ÉTAIT UN PORTE BONHEUR POUR LES CONDUCTEURS.
MAIS IL CHIALE COMME UNE GONZESSE!
ELLE EST DIFFÉRENTE DES AUTRES, COMME LA BLANCHE ET LA NOIRE.
LEUR CRÉATEUR DEVAIT ÊTRE UN GEEK DU DESIGN.
J'AURAIS DÛ LUI DEMANDER UNE STATUETTE DE ST CHRISTOPHE!
CHUIS LÀ!

BON, IL N'Y A QU'UNE FAÇON DE SAVOIR SI CETTE BOULE FONCTIONNE...
J'AI CHANGÉ LA CONFIGURATION EN METTANT LA BLANCHE AU MILIEU.
C'EST POUR QUE L'ÉNERGIE SE RÉPARTISSE MIEUX?
NON, C'EST PLUS JOLI!
SSSSHHHH!!!
ELLES RÉAGISSENT!
OUI, OUI, OUI!
KATA-PUMMM!!

IL EN A UNE, FOUILLONS-LE!
!!
OUCH!
EEEK!
AÏE!
ET ÇA, C'EST QUOI?
ET ÇA?
...
ELLE APPARAIT SUR LE SCANNER-BOULE, C'EST LA BOULE QUI MANQUAIT!
D'OÙ TU SORS CETTE BOULE?
JE SAVAIS PAS, MOI. UN COLPORTEUR ME L'A VENDUE EN M'ASSURANT QUE C'ÉTAIT UN PORTE BONHEUR POUR LES CONDUCTEURS.
MAIS IL CHIALE COMME UNE GONZESSE!
ELLE EST DIFFÉRENTE DES AUTRES, COMME LA BLANCHE ET LA NOIRE.
LEUR CRÉATEUR DEVAIT ÊTRE UN GEEK DU DESIGN.
J'AURAIS DÛ LUI DEMANDER UNE STATUETTE DE ST CHRISTOPHE!
CHUIS LÀ!

BON, IL N'Y A QU'UNE FAÇON DE SAVOIR SI CETTE BOULE FONCTIONNE...
J'AI CHANGÉ LA CONFIGURATION EN METTANT LA BLANCHE AU MILIEU.
C'EST POUR QUE L'ÉNERGIE SE RÉPARTISSE MIEUX?
NON, C'EST PLUS JOLI!
SSSSHHH!!
ELLES RÉAGISSENT!
OUI, OUI, OUI!
KATA-PUMMM!!

SHHHHUUU!!
CRACK!

C'EST LUI!
LE DRAGON KEHU-RON!
HEIN? OÙ ÇA?

PARDONNEZ-MOI...
ÇA FAIT SI LONGTEMPS QUE PERSONNE NE M'INVOQUE QUE J'EN AI PRESQUE OUBLIÉ MON NOM.
MAINTENANT, FORMULEZ VOTRE VŒU...
ENFIN! MON PLUS GRAND RÊVE VA SE RÉALISER!
MAIS MAINTENANT QUE J'Y SUIS, JE SAIS PAS CE QUE JE VEUX...
DIS, TU AS PENSÉ À UN VŒU TOI?
BEN, NON, ET TOI?
AAAAAAAAAH! IL FAUT TROUVER QUELQUE CHOSE, VITE!
QU'EST-CE QUE JE DÉSIRE LE PLUS? QUOI? QUOI?
ENVIE PIPI.

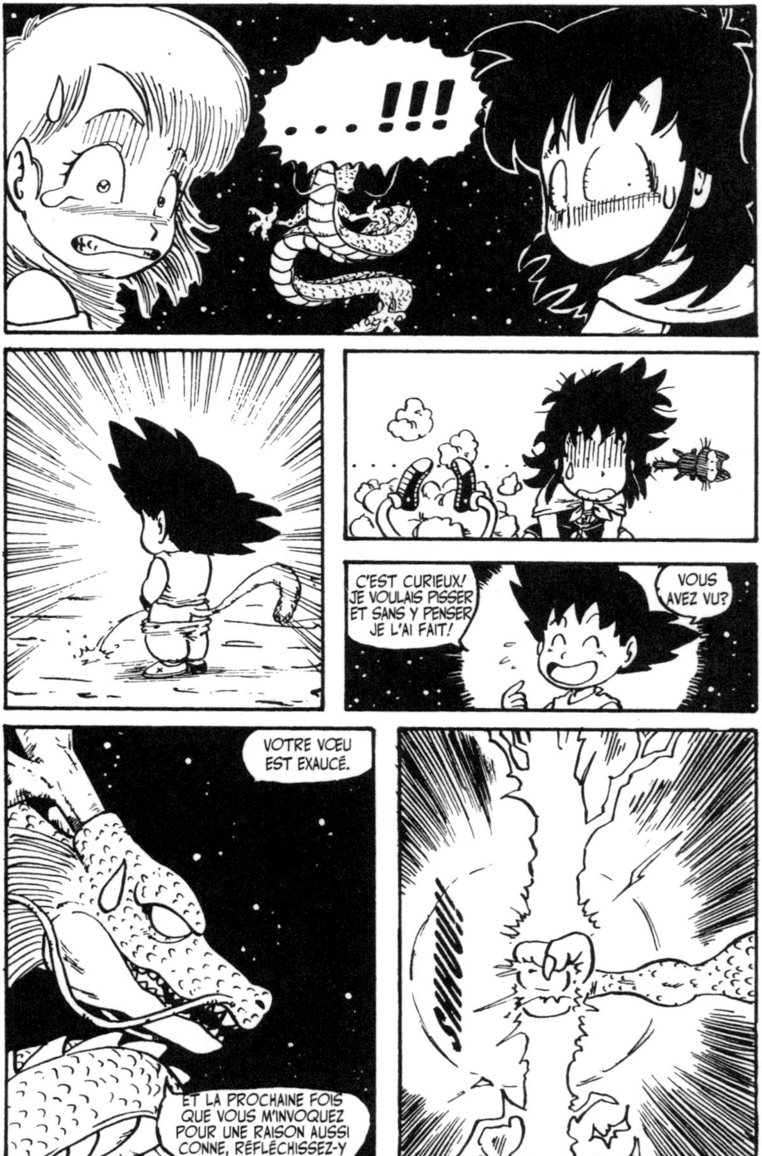
. . . !!!
C'EST CURIEUX! JE VOULAIS PISSER ET SANS Y PENSER JE L'AI FAIT!
VOUS AVEZ VU?
VOTRE VŒU EST EXAUCÉ.
ET LA PROCHAINE FOIS QUE VOUS M'INVOQUEZ POUR UNE RAISON AUSSI CONNE, RÉFLÉCHISSEZ-Y À DEUX FOIS
SHHUUU!!

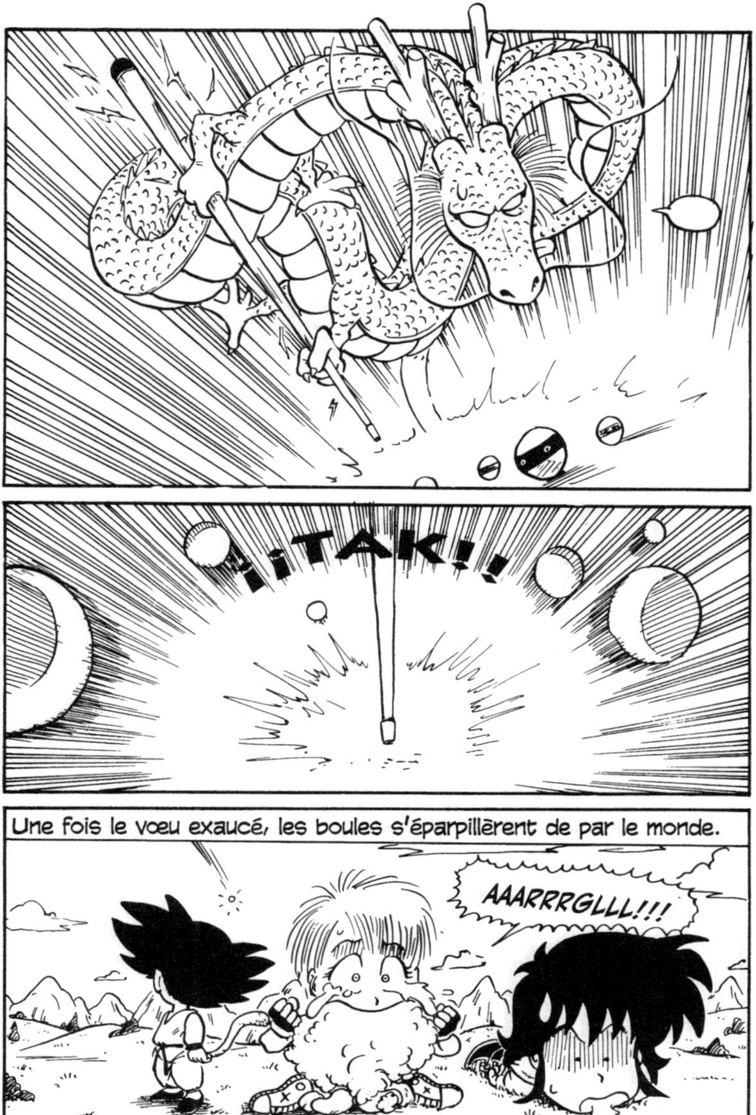
¡¡TAK!!
Une fois le vœu exaucé, les boules s'éparpillèrent de par le monde.
AAARRRGLLL!!!

DIS WILMA, ELLES SONT PARTIES OÙ, LES BOULES? T'AS DÉJÀ DEMANDÉ LE VOEU AU DRAGON?
C'EST QUOI CE REGARD?
C'EST DE MA FAUTE. J'AURAIS DÛ PENSER À UN VOEU AVANT.
PUPA!
HMF!!
BON, APRÈS TOUT ÇA, UN REPOS BIEN MÉRITÉ S'IMPOSE, JE CONNAIS UN CLUB...
EHEM!
BON, REPOSONS-NOUS MAIS ENSUITE NOUS RETOURNERONS À LA RECHERCHE DES BOULES ET CETTE FOIS, J'AURAI CHOISI UN VOEU!
POURQUOI ELLE PARLE AU PLURIEL?
ÇA MARCHE
Et maintenant que nos heu... héros s'apprêtent à se remettre de leurs... aventures épiques, il est temps de passer à autre chose en attendant que l'action reprenne.
HÉ! CELUI QUI CONNAIT LE CLUB C'EST MOI!
?
En fait, rien ne presse...non?

Dans une forteresse isolée de tout... Un événement transcendant va se produire...

¡¡KA-BLAMM!!
ON PEUT DIRE QU'UN MANTEAU SOMBRE ME RECOUVRE...
GLGLGLGL....
Oui, c'est bien Chungo Han!
¡¡ZZZAKK!!
¡¡ZZAKK!!
¡¡ZUUUOMMM!

FFFFT!
TU!
TU ES!
BARBAPAPA!

TRÊVE DE PLAISANTE-RIES!
JE SUIS BOUBOUL!
LE MAGE LE PLUS PUISSANT ET INVINCIBLE DE LA TERRE ET DE SA PROCHE BANLIEUE!
BIEN! J'EN ESPÉRAIS PAS MOINS! ÉCOUTE-MOI MAGE BOUBOUL: JE SUIS TON MAÎTRE ET J'AI UNE MISSION POUR TOI!
HEU...VOUS POURRIEZ M'EXPLIQUER CE QUE VOUS AVEZ DIT? JE CONNAIS QUE...
...LE TEXTE DE LA PREMIÈRE CASE!
HE, HE, JE L'AI BIEN EU!
J'AURAIS DÛ SAVOIR QUE SON ESPRIT SERAIT VIERGE.
EHEM... Y A-T-IL QUELQUE CHOSE QUE TU SACHES FAIRE?
NON! NON! ARRÊTE! J'AI COMPRIS!
BON, JE VAIS DEVOIR T'EXPLIQUER LE BUT DE TA MISSION, DE LA FAÇON LA PLUS SIMPLE ET CLAIRE...
Quelle étrange sensation de déjà-vu!
JE SAIS CE QUE TU DÉSIRES! TU VEUX QUE JE METTE MON POUVOIR À TON SERVICE POUR DÉTRUIRE SOSON GOKU. PAS VRAI?

NE SOIS PAS SURPRIS, JE SUIS UN MAGE TRÈS PUISSANT QUI PEUT LIRE TES PENSÉES. DEPUIS LE DÉBUT, JE SAIS POURQUOI TU M'AS APPELÉ.
TU N'ES PAS UN GROS CRÉTIN ALORS?
NON, JUSTE UN GROS FARCEUR HI, HI, HI...
MAIS JE TE PRÉVIENS QUE SI DÉTRUIRE SOSON GOKU N'EST PAS UNE ACTIVITÉ AMUSANTE, JE NE LE FERAI PAS!
BON... UN MAGE AUSSI PUISSANT QUE TOI NE DEVRAIT AVOIR AUCUN MAL À TROUVER UN MOYEN AMUSANT DE LE DÉTRUIRE... HÉ, HÉ!
CE TYPE N'EST PAS TRÈS SÉRIEUX, NOM D'UN CHIEN!
BIEN, BIEN, BIEN, ÇA ME PLAÎT! J'AVAIS TELLEMENT ENVIE DE M'AMUSER! ÇA VA ÊTRE TROP FUN!
...
BON... MAINTENANT, IL FAUT LOCALISER SOSON GOKU. AVEC TES POUVOIRS, ÇA DEVRAIT ÊTRE FACILE.
BLOMP! BLOMP!

HALTE-LÀ!
HEIN, QUI?
NOUS AVONS DÉTECTÉ UNE DÉCHARGE D'ÉNERGIE AUX PROPORTIONS SUPRA-ATOMIQUES SUPÉRIEURES AU NIVEAU HARMONIQUE MAXIMUM, CE QUI TRANSGRESSE TOUS LES COMMANDEMENTS DE CET UNIVERS PHYSIQUE. NOUS, LE GROUPE PSYCHO-SHIN, SOMMES LÀ POUR METTRE DE L'ORDRE!
CEL
DOC
VERTICALES
pupuce
VOUS FAITES UN COSPLAY?
NOUS SOMMES LA PATROUILLE SPÉCIALE ANTI-ESPRITS! SUCCOMBE DEVANT NOTRE POUVOIR, SALE AVORTON!
JE N'AIME PAS ÇA, MAGE BOUBOUL. FAIS-LES DISPARAÎTRE AVANT QU'ILS NE DEVIENNENT DANGEREUX!
PREND ÇA!
ET ÇA!

SOMBRES IDIOTS! NOUS SOMME DÉJÀ UN DANGER POUR VOUS, CRIMINELS MÉTAPHYSIQUES!
...
BAMF!
VITE BOUBOUL, CONTRE-ATTAQUE! NE PRENONS PAS DE RISQUE!
SURVEILLE TES PAROLES HÉRÉSIARQUE SACRILÈGE!
PREND ÇA!
!
VOUS AVEZ PROVOQUÉ LA COLÈRE DE BOUBOUL!

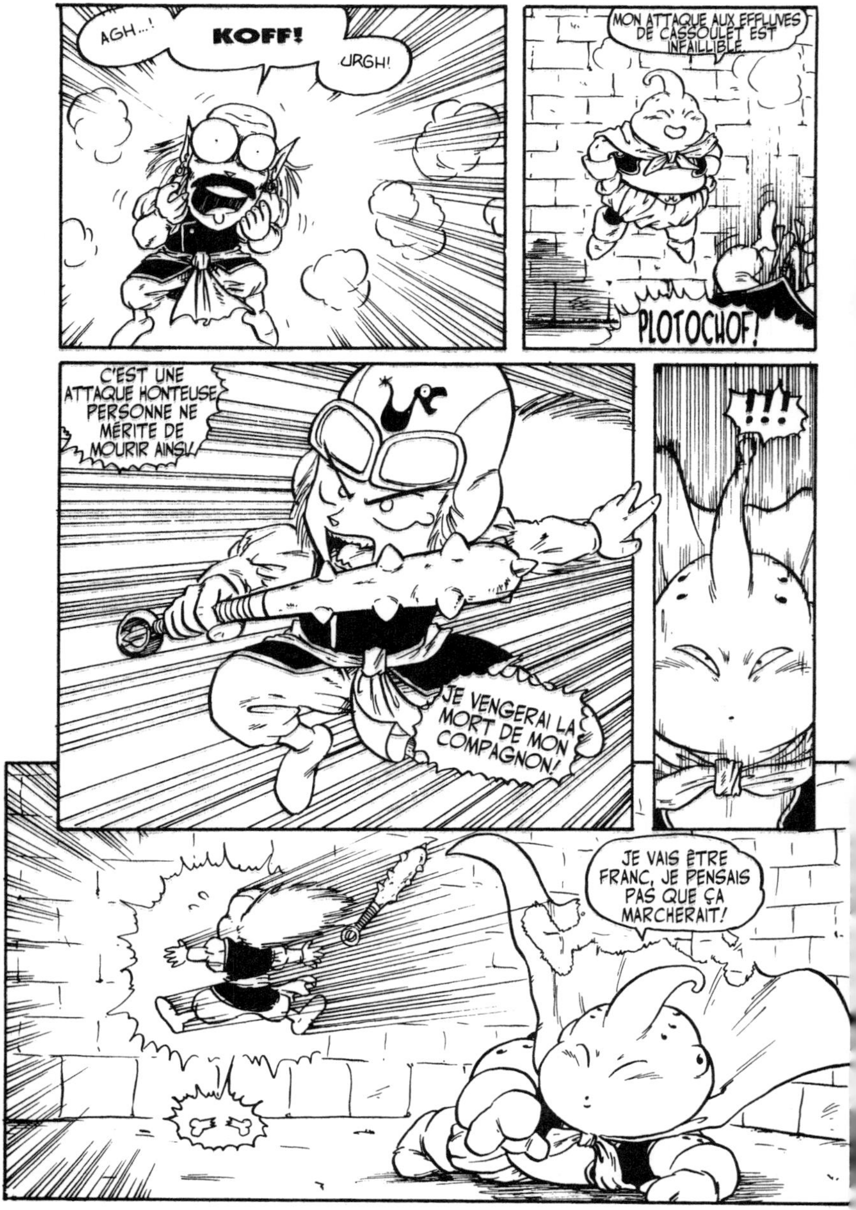
AGH...!
KOFF!
URGH!
MON ATTAQUE AUX EFFLUVES DE CASSOULET EST INFAILLIBLE.
PLOTOCHOF!
C'EST UNE ATTAQUE HONTEUSE PERSONNE NE MÉRITE DE MOURIR AINSI!
JE VENGERAI LA MORT DE MON COMPAGNON!
!!!
JE VAIS ÊTRE FRANC, JE PENSAIS PAS QUE ÇA MARCHERAIT!

PUTAIN, QUELLE RACLÉE!
SA MÈRE, ÇA FAIT MAL!
OOOOOH!
JE SUIS LE MEILLEUR!
CE COMBAT PREND DES PROPORTIONS RIDICULES! NOUS DEVONS Y METTRE FIN AU PLUS VITE!
¡FLAP!
HÉ, MONSIEUR BOUBOUL, NOUS SOMMES PRÊTS À TROUVER UNE SOLUTION AMIABLE!
PEACE
LOVE
¡PYOIIIANG!

ON NE PEUT PAS DIALOGUER AVEC UN ENNEMI, C'EST TROP RISQUÉ.
CHIEF
ELIMINEZ-LES TOUT DE SUITE!
LE...
LE GRAND VÉNÉRABLE DES PSYCHO-SHINS!
IL PROFITE DE VOS POINTS FAIBLES.
VOUS DEVEZ CONCENTRER VOTRE AURA AFIN DE VOUS OCCULTER À SES YEUX.
PROTÉGER NOS FAIBLESSES... BIEN SÛR! SUIS-JE BÊTE!
COMMENT AI-JE PU OUBLIER QUE JE SUIS MYOPE COMME UNE TAUPE?
TU NE M'AURAS PLUS, IMMONDICE!
TE FOUS PAS DE MA GUEULE!
HI, HI, HI!
ATTAQUONS-LE AVEC LE SORT ANTI-SORCELLERIE!

?
du vent
...
OUUUUUGH!
JE CROIS QU'ON S'EST TROMPÉS!
NON? SANS BLAGUE!
du gland
fulgurobus cosmique

BON! FAISONS LES CHOSES SÉRIEU-SEMENT!
UNISSONS NOS POUVOIRS POUR FINIR AVEC LUI!
À LA CHARGE!
pan dans les dents
UNISSONS NOS FORCES!
I'M THE BEST AT WHAT I DO
DANS LA GRANDE TORNADE!

NOUS SOMMES PRÊTS!

!!
SUCCOMBE À LA SUPERTORNADE!

En réalité, Chungo Han était inconscient depuis que Susano lui avait botté le cul. Si nous ne l'avons pas montré avant, c'est par fainéantise.

Ça vous pose un problème?

EH BIEN!
CES PARVENUS DE LA PATROUILLE SPÉCIALE NOUS ONT ENCORE DEVANCÉS!
ECTO-1
UNNNGH!

Et maintenant projetons-nous dans le futur...

Approximativement un an et des poussières après, dans les mêmes parages...(ben tiens, quelle coïncidence!)

Cette fille a dû naître avec des gants...

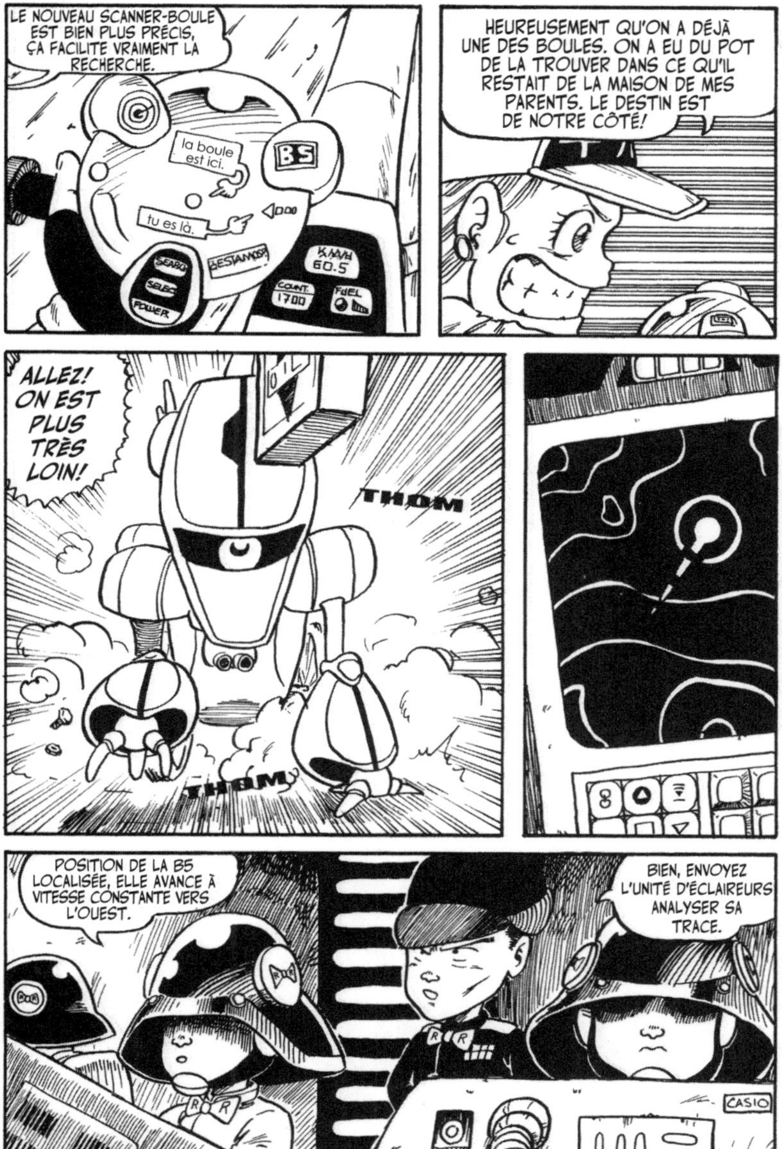

LE NOUVEAU SCANNER-BOULE EST BIEN PLUS PRÉCIS, ÇA FACILITE VRAIMENT LA RECHERCHE.
la boule est ici.
tu es là.
B5
KM/H 60.5
COUNT 1700
FUEL
SEARCH
SELECT
POWER
HEUREUSEMENT QU'ON A DÉJÀ UNE DES BOULES. ON A EU DU POT DE LA TROUVER DANS CE QU'IL RESTAIT DE LA MAISON DE MES PARENTS. LE DESTIN EST DE NOTRE CÔTÉ!
ALLEZ! ON EST PLUS TRÈS LOIN!
THOM
THOM
POSITION DE LA B5 LOCALISÉE, ELLE AVANCE À VITESSE CONSTANTE VERS L'OUEST.
BIEN, ENVOYEZ L'UNITÉ D'ÉCLAIREURS ANALYSER SA TRACE.
CASIO

NOUS VÉRIFIONS LA TRACE. ILS SONT PASSÉS PAR ICI IL Y A PEU.
L'EMPREINTE D'ÉNERGIE INDIQUE QU'ILS VOYAGENT DANS UN VÉHICULE MOTORISÉ.
CEPENDANT, IL EXISTE UNE PUISSANTE TRACE D'ÉNERGIE ÉMANANT DE CES RUINES, QUI PEUT PERTURBER NOS CAPTEURS. IL EST PROBABLE QU'UNE TEMPÊTE MÉTAPHYSIQUE AIT EU LIEU À CET ENDROIT.
C'EST ENTENDU, NOUS GARDONS EN MÉMOIRE LES RÉSULTATS DE L'ANALYSE. PRÉPAREZ L'INTERCEPTION EN ACCORD AVEC EUX!
REGARDEZ, CHEF! DES ANDROÏDES!
REGARDEZ CHEF, DES TRACES DE POUSSE-POUSSE!

BIEN, EN MARCHE ESCADRON D'INTER-CEPTION, POUR LA GLOIRE DE NOTRE COMMANDANT SUPRÊME!
FRAPPONS L'USURPATEUR AVEC TOUTE LA FORCE DE L'ARMÉE DU RUBAN ROSE!
ET POUR LA GLOIRE DE MA MAMAN!
À L'ATTA-QUE!

LAISSE-MOI CONDUIRE UN PEU!
TOI? LAISSE-MOI D'ABORD VENDRE MON CORPS À LA SCIENCE!
SLURP!
SCAN ON
CITIZEN
00102800500
BIEN! QUE L'ATTAQUE COMMENCE!
ZUT! LES DONUTS!
YAAGGHH!!
BOUMMMM!!

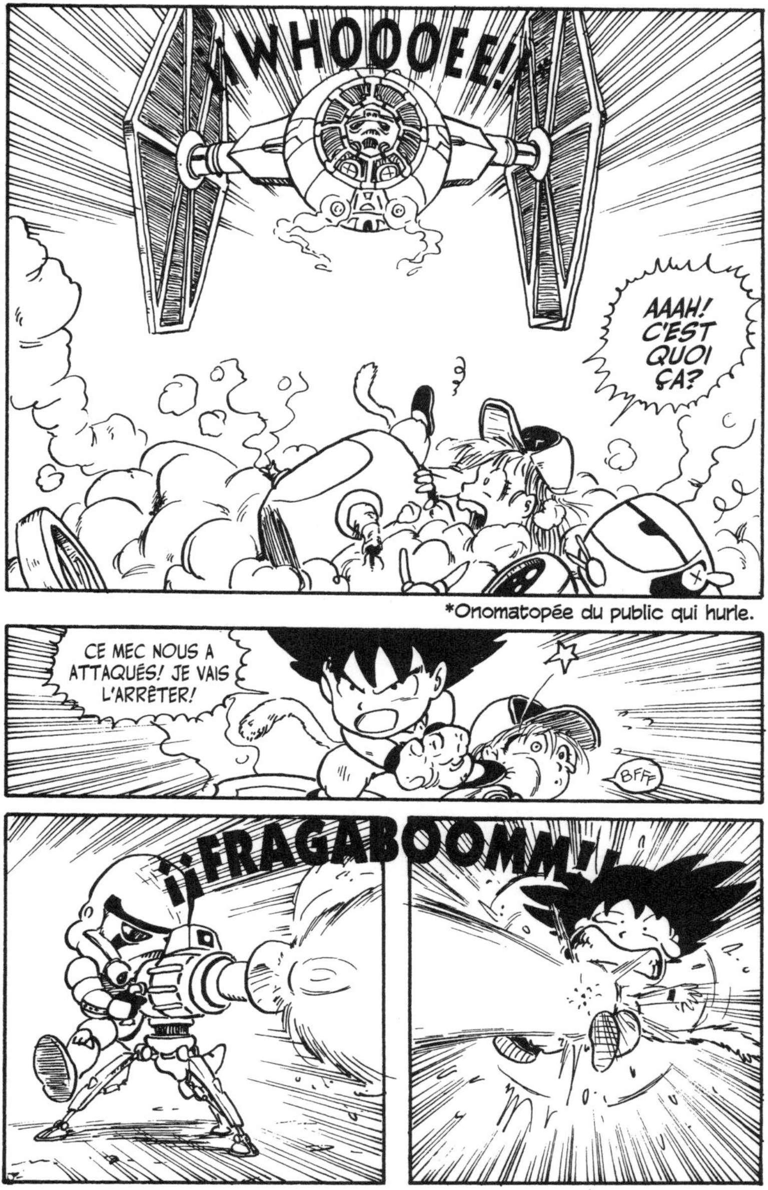

*Onomatopée du public qui hurle.

AAAHHH! NON, PAR PITIÉ! JE NE L'AI ENCORE JAMAIS FAIT AVEC UN GARÇON!
ET BIEN, PAR LES TEMPS QUI COURENT C'EST UN EXPLOIT... MAIS C'EST UN AUTRE SUJET QUI NOUS INTÉRESSE...
IL S'EST ACHETÉ UNE MAISON, C'EST POUR ÇA QU'IL SOURIT.
FOUILLEZ-LA!
ELLE EST CLEAN CHEF! JE LE JURE!
PAR PITIÉ! ON RECOMMENCERA PAS!
CHEF! JE L'AI TROUVÉE!
QUOI? TOUT CE CINÉMA POUR NOUS VOLER LA BOULE!?
ABRUTIS!

BIEN, NOUS AVONS CE QUE NOUS CHERCHIONS, FAITES TAIRE CETTE GONZESSE!
MMMFF!
©LUCAS ART TM
NOUS DEVONS ÉLIMINER TOUS LES TÉMOINS DE NOS ACTIONS!
BORN TO KILL
CHARGEZ-VOUS EN UNE FOIS QUE NOUS SERONS PARTIS! TOUT ÇA ME RÉPUGNE!
...!!
VROOMMMM!!

DITES MADEMOISELLE... C'EST VRAI QUE VOUS NE L'AVEZ JAMAIS FAIT AVEC UN GARÇON?
IDIOT!
KONK!
MÊME PAS MAL!
À QUOI BON PARLER?
IL N'Y A PLUS AUCUNE SOLUTION, ILS VONT ME TUER!
ET MERDE!
PRÉPAREZ- VOUS À VISER!
CHEF, LA RÉSISTANCE S'APPROCHE DE NOTRE POSITION!
QUOI? COMMENT LE SAVEZ-VOUS SOLDAT?
¡¡VROOOMMM!!
EN REGARDANT PAR LÀ, CHEF!
...
POLICE

ARRÊTEZ-VOUS, SINON...
ON SE CASSE!
MMM!!
BON! QUE QUELQU'UN DÉTACHE CETTE FILLE!
LED ZEP
QUI ÊTES-VOUS?
NOUS SOMMES LA RÉSISTANCE, POUPÉE. NOUS COMBATTONS L'ARMÉE DU RUBAN ROSE DEPUIS DES MOIS. QUE VOUS VOULAIENT-ILS?
j'suis 1 bo mec
ZZZZZ

COMMENT? C'EST QUI CEUX-LÀ? ET POURQUOI VEULENT-ILS LES BO...? EUH...
ET TOI DEBOUT!
PAF
NOUS POURRONS PARLER DE TOUT ÇA DANS NOTRE BASE MILITAIRE. NOUS Y SERONS PLUS À L'AISE. VOUS VENEZ?
LED ZEP
POLICE
OUI, C'EST VRAI QU'IL VAUT MIEUX ALLER DANS UN ENDROIT SÛR. CES TYPES POURRAIENT REVENIR!
VOICI NOTRE BASE!
¡¡VROOOOMMMM!!

Plus tard...
BLOMP!
BLOMP!

C'EST DANS CETTE BASE BLINDÉE QUE SONT RÉUNIS TOUS CEUX QUI ONT DÉCIDÉ D'UNIR LEURS FORCES CONTRE L'ARMÉE DU RUBAN ROSE. NOUS ACCEPTONS TOUS LES VOLONTAIRES.
MAIS QUI SONT CES RUBANS?
GUNSMITH

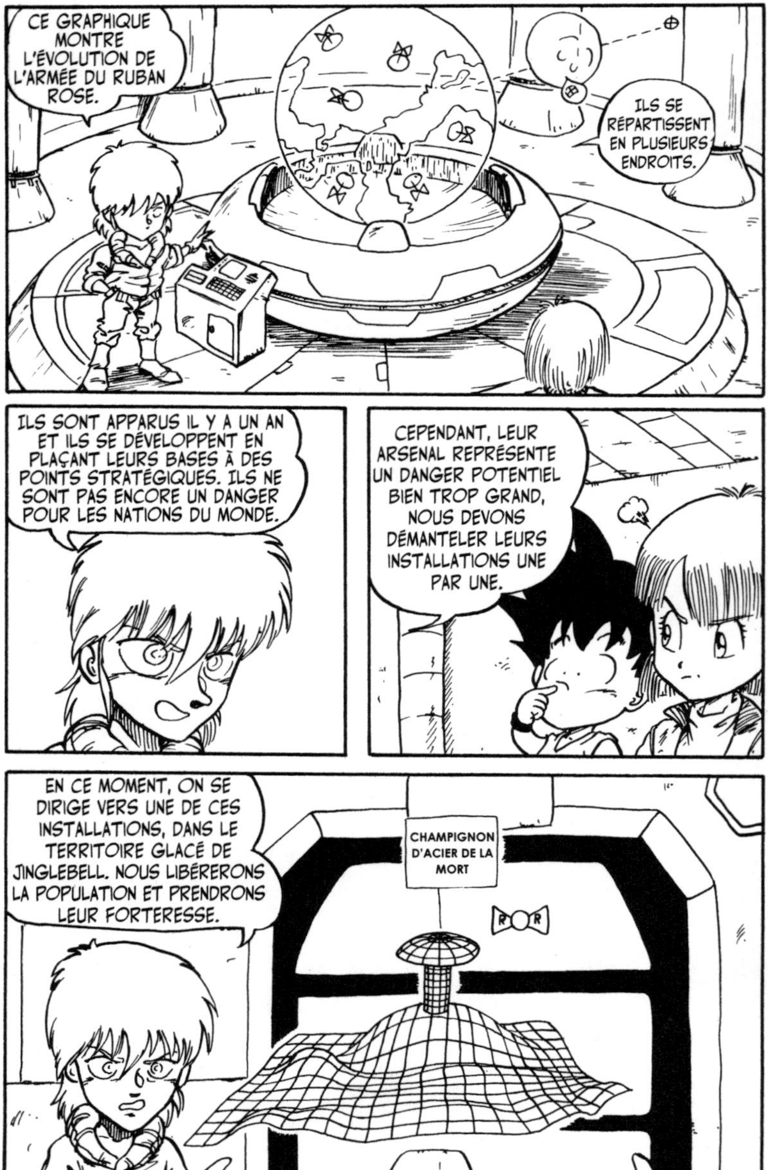
CE GRAPHIQUE MONTRE L'ÉVOLUTION DE L'ARMÉE DU RUBAN ROSE.
ILS SE RÉPARTISSENT EN PLUSIEURS ENDROITS.
ILS SONT APPARUS IL Y A UN AN ET ILS SE DÉVELOPPENT EN PLAÇANT LEURS BASES À DES POINTS STRATÉGIQUES. ILS NE SONT PAS ENCORE UN DANGER POUR LES NATIONS DU MONDE.
CEPENDANT, LEUR ARSENAL REPRÉSENTE UN DANGER POTENTIEL BIEN TROP GRAND, NOUS DEVONS DÉMANTELER LEURS INSTALLATIONS UNE PAR UNE.
EN CE MOMENT, ON SE DIRIGE VERS UNE DE CES INSTALLATIONS, DANS LE TERRITOIRE GLACÉ DE JINGLEBELL. NOUS LIBÉRERONS LA POPULATION ET PRENDRONS LEUR FORTERESSE.
CHAMPIGNON D'ACIER DE LA MORT
R R

Pendant ce temps, sur l'orbite de la planète.

EN EFFET MON SEIGNEUR, ELLES SONT TOUTES RÉUNIES SAUF UNE QUE L'ON VIENT DE LOCALISER.
ET ELLES SONT TOUTES DANS NOTRE BASE, HEIN?
DANS CE CAS, INFORMEZ LE HAUT COMMANDANT DE LA BASE QUE J'IRAI SUPERVISER PERSONNELLEMENT LES DERNIÈRES ÉTAPES DE LA CONSTRUCTION.
HEU?
MAIS SEIGNEUR, JE NE SAIS PAS SI LE DR GORE SERA D'ACCORD! IL A INSISTÉ POUR QU'ON LE LAISSE MENER À BIEN LA CONSTRUCTION SANS INTERRUPTION!
LE CHAMPIGNON D'ACIER DE LA MORT DOIT ÊTRE TERMINÉ AU MOMENT PRÉVU. CETTE BASE SERA LA PLUS PUISSANTE DE L'UNIVERS... OU DU MOINS, DE L'OUEST DU PÉCOS. JE VEUX ÊTRE PRÉSENT LORSQU'ELLE SERA OPÉRATIONNELLE.
QUAND À CES INSURGÉS QUI MENACENT DE RUINER NOS PLANS DE CONQUÊTE... IL NE FAUT PAS S'INQUIÉTER, J'AI PRIS LES MESURES NÉCESSAIRES. NOTRE AGENT SPÉCIAL S'OCCUPERA DES PLUS DANGEREUX.
HA!
FRAG

Dans une certaine base blindée et rafistolée...

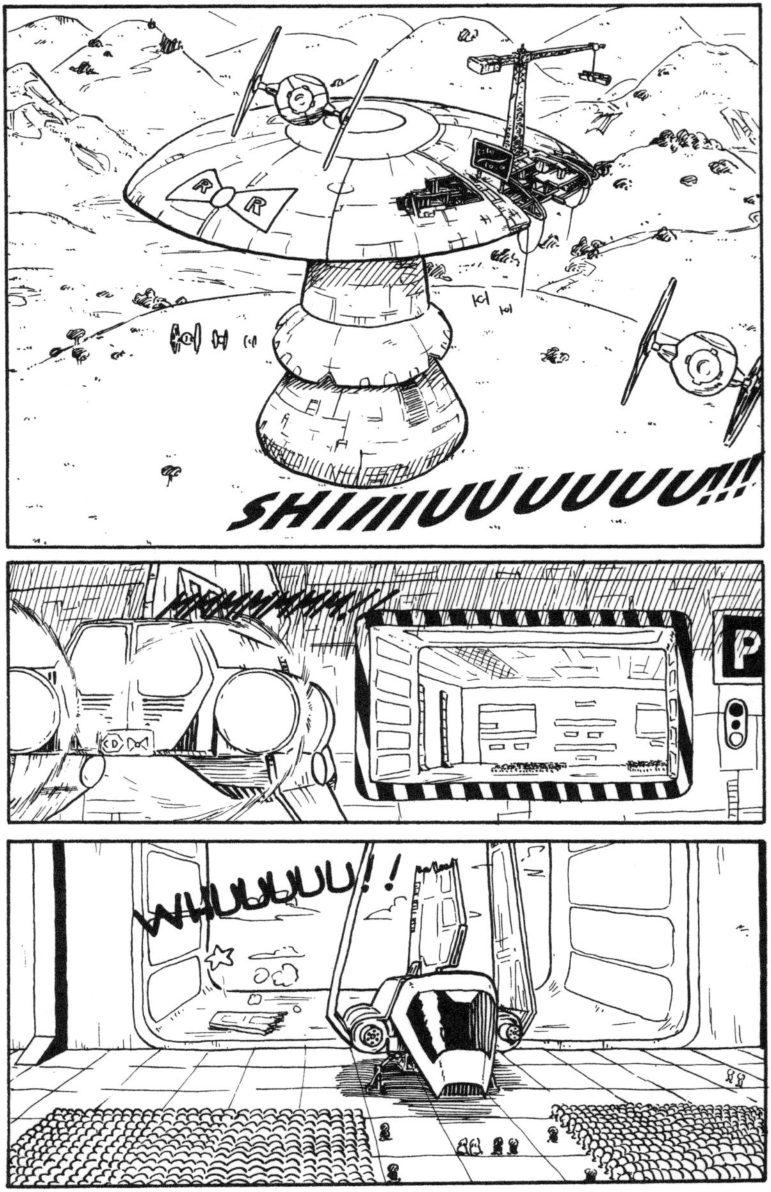
SHIIIUUUUUU!!!
P
WHUUUUU!!

...
WHIRRRRRR
KOF!
SUPRÊME COMMANDANT, C'EST UN HONNEUR DE VOUS AVOIR ICI À UN MOMENT SI CRUCIAL POUR CE PROJET!
ÉPARGNEZ-MOI VOTRE IRONIE, JE SAIS PARFAITEMENT QUE MA PRÉSENCE N'EST PAS LA BIENVENUE. MAIS J'AI DE BONNES RAISONS D'ÊTRE ICI! CONDUISEZ-MOI AU CENTRE D'OPÉRATIONS!

BON... LA SURVEILLANCE AUTOUR DE LA BASE EST CONSTANTE ET ENCORE PLUS DANS LA ZONE DE CONSTRUCTION.
LED ZEP
IL Y A 5 BOULES LÀ-DEDANS, NOUS DEVONS NOUS EN EMPARER À TOUT PRIX.
BIEN, C'EST LE MOMENT D'AGIR, RETIRONS NOTRE CAMOUFLAGE ET PARTONS À L'ASSAUT!

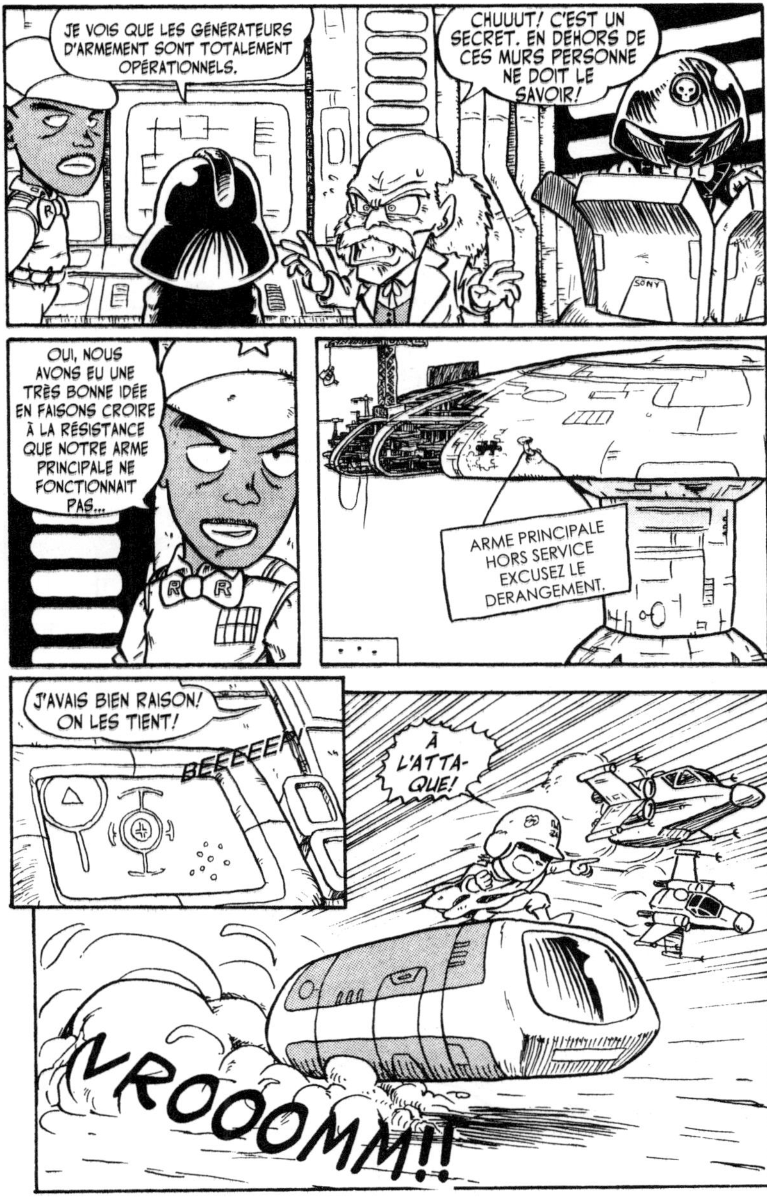
JE VOIS QUE LES GÉNÉRATEURS D'ARMEMENT SONT TOTALEMENT OPÉRATIONNELS.
CHUUUT! C'EST UN SECRET. EN DEHORS DE CES MURS PERSONNE NE DOIT LE SAVOIR!
SONY
OUI, NOUS AVONS EU UNE TRÈS BONNE IDÉE EN FAISONS CROIRE À LA RÉSISTANCE QUE NOTRE ARME PRINCIPALE NE FONCTIONNAIT PAS...
ARME PRINCIPALE HORS SERVICE EXCUSEZ LE DERANGEMENT.
J'AVAIS BIEN RAISON! ON LES TIENT!
BEEEEEEP
À L'ATTA-QUE!
VROOOMM!!

REPOUSSEZ L'ATTAQUE!
1
1= grenade thermonucléaire
ILS VONT NOUS GRILLER AVEC LEUR ACCUEIL. QUE LA BASE MOBILE LEUR LACHE DESSUS TOUT CE QU'ELLE A!
ZEP
PREND ÇA, DUCON!
HEIN?
QU'EST-CE QUI SE PASSE? C'EST DÉJÀ LE SOLSTICE D'HIVER?
OULÀ!
¡¡¡BROUM!!!

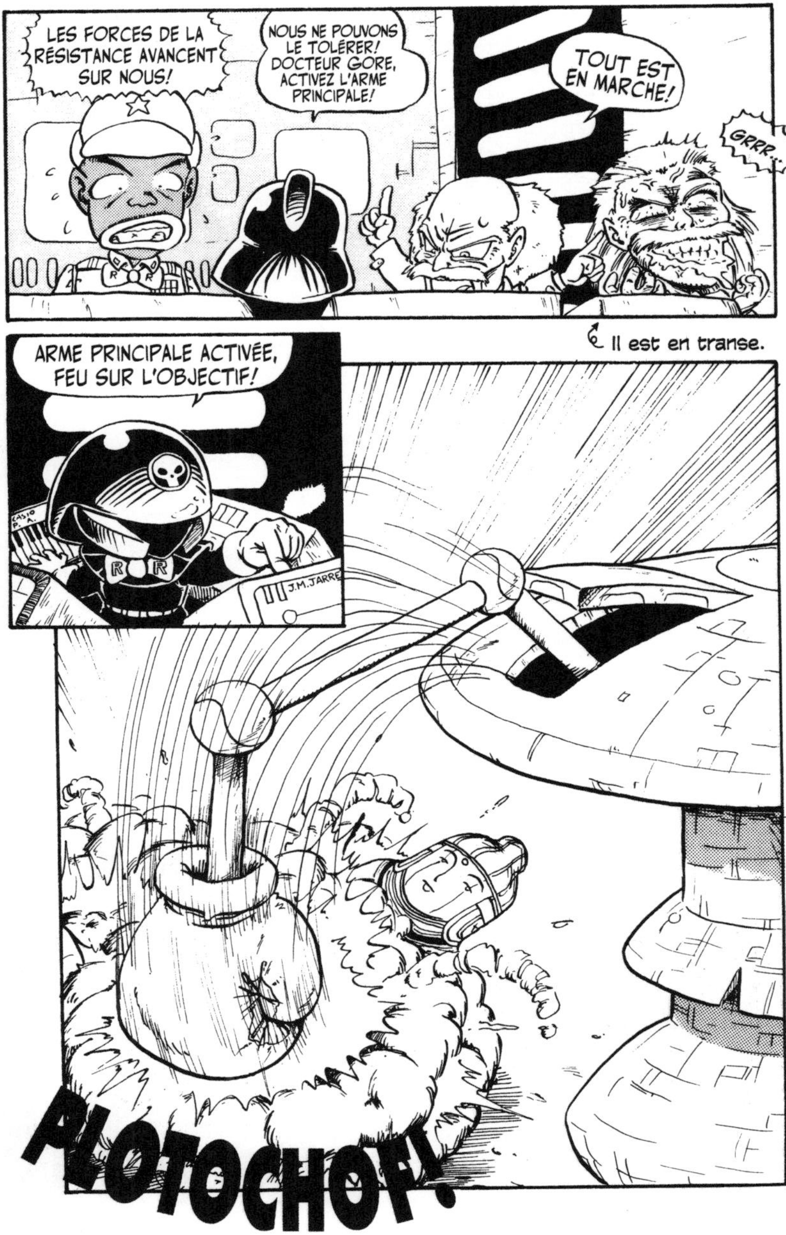
LES FORCES DE LA RÉSISTANCE AVANCENT SUR NOUS!
NOUS NE POUVONS LE TOLÉRER! DOCTEUR GORE, ACTIVEZ L'ARME PRINCIPALE!
TOUT EST EN MARCHE!
GRRR...
Il est en transe.
ARME PRINCIPALE ACTIVÉE, FEU SUR L'OBJECTIF!
CASIO P.A.
J.M.JARRE
PLOTOCHOF!

AAH! ÇA VA LEUR APPRENDRE LE RESPECT!
SAINTE-MÈRE DE DIEU, QUELLE BESTIALITÉ!
DIMINUEZ LA PUISSANCE!
SONYA
SOSON GOKU... REVEILLE-TOI!
GLGLGLGL...
TU VAS TE REVEILLER, P'TIT MERDEUX!
HEIN...QUOI?
JE SUIS... DYEU!
AH OUI, DIEU!
NON, DYEU!

JE SUIS LE TOUT-PUISSANT SEIGNEUR DU CIEL ET DE LA TERRE, ET JE SUIS VENU TE PARLER!
ET POURQUOI?
BEN, PARCE QU'IL SEMBLE QU'IL EST ÉCRIT QUELQUE PART QUE LE DESTIN DU MONDE REPOSE ENTRE TES MAINS ET QUE ÇA POURRAIT ÊTRE LE MOMENT!
EH?
ÉCOUTE BIEN, TU IRAS SUR LA TERRE SACRÉE DE SAKARINE ET TU SUIVRAS L'ENSEIGNEMENT DE MAÎTRE SAKARINE, CELUI-LA MÊME QUI A INSTRUIT TORDU GÉNIAL... BON, JE SAIS QUE COMME RÉFÉRENCE...
LA VÉRITE, C'EST QU'ON A PAS LE TEMPS DE TROUVER MIEUX, ALORS VA, ET QUE SON ENSEIGNEMENT TE SERVE POUR REUNIR LES BOULES DE KEHU-RON.
JE TE TIENS, INSURGÉ!
WILMA! FAUT QUE JE TE RACONTE QUELQUE CHOSE!
TOI? MAIS J'HALLUCINE!

QUOI? ALLER DANS LE TROU DU CUL DU MONDE ALORS QU'ON EST SI PRÈS? MAIS T'ES TURBO-MALADE!
MAIS, C'EST QUE...
PAUVRE GOSSE, VOILÀ CE QUI ARRIVE APRÈS UN COUP SUR LA TÊTE.
LED ZEP
BON, NOUS ALLONS NOUS RETIRER, ACTIVEZ LE MODULE N°2 DE LA BASE MOBILE!
SEIGNEUR REGARDEZ!
CE N'EST PAS POSSIBLE!
HEY! LAISSEZ-MOI REGARDER MOI AUSSI
MAMAN?

RETRAITE!
KIIIIIIIIIN!!
C'EST ÇA LA RÉSISTANCE? UNE BANDE DE GUIGNOLS PITOYABLES!
AAARGH! COMMENT ÇA ME SAOULE!
CETTE BASE A UN CURIEUX SYSTÈME DE DÉFENSE!
OUI, L'UNIQUE INCONVÉNIENT C'EST QU'ON PERD 100 MÈTRES CARRÉS AVEC CHAQUE MODULE UTILISÉ.
IL EST CLAUSTROPHOBE!
LED ZEP
AGENT SPECIAL! SUIS CETTE BASE MOBILE ET RAMÈNE-MOI N'IMPORTE LEQUEL DE CES GUGUSSES QU'ON L'INTERROGE!
À VOS ORDRES!
FRAC

Pendant ce temps, dans la base des fugitifs...

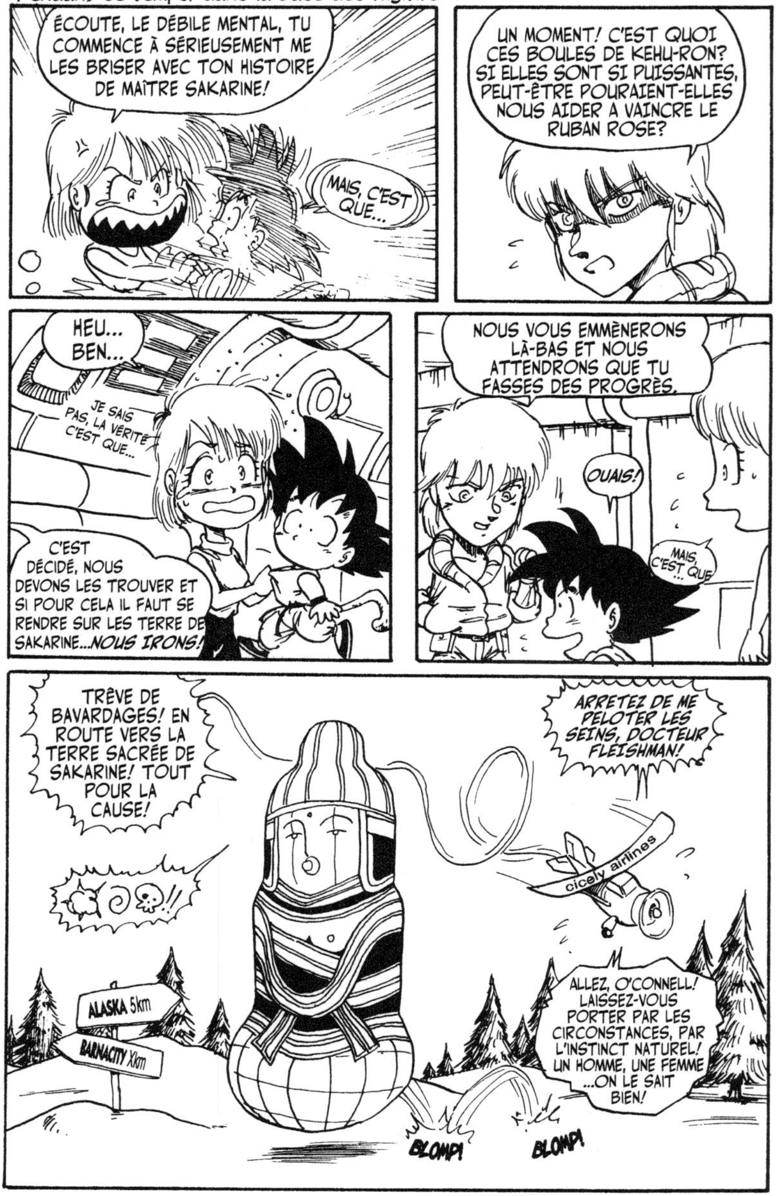

VOICI LA TOUR DE SAKARINE. À SES PIEDS C'EST LE VILLAGE D'IRRÉDUCTIBLES GUERRIERS QUI LA DÉFEND.
PA CHULO YO
NOUS VOUS ATTENDRONS ICI. ALLEZ TROUVER CE MAÎTRE. À VOTRE RETOUR, NOUS REPARTIRONS AU COMBAT.
LED ZEP
SALE MERDEUX... SI T'AVAIS PAS CREVÉ CE FOUTU BALLON T'AURAIS PU DE POINTER ICI TOUT SEUL.
BEN... C'EST PAS MA FAUTE SI J'AI LES CHEVEUX AINSI!
NACHO! NACHO! LAISSE-MOI DESSINER CETTE CASE!
TU NE HAUSSES PAS LE TON AVEC MOI, PETIT BRANLEUR!
CHIER...

J'ESPÈRE QUE LES GENS QUI DÉFENDENT LA TOUR NE SONT PAS TROP VIOLENTS.
TIENS? ET CE BÂTON? IL SORT D'OÙ?
HALTE-LÀ, INTRUS!
GLUP!
QU'ÊTES-VOUS VENU FAIRE ICI? PARLEZ OU DÉFENDEZ-VOUS!
VOUS NE DITES RIEN? BIEN, C'EST DONC À MON TOUR!
IL EST FOU CE NABOT!

T'ES CONTENT DE TOI? IL VA SE PASSER QUOI, MAINTENANT?
TU PRÉFÉRAIS QU'IL TE COGNE?
HEU...PARDONNEZ-NOUS, NOUS RECHERCHONS UN CERTAIN SAKARINE. SAURIEZ-VOUS OÙ IL SE TROUVE?
Le bâton de Sôson Goku est ce fabuleux bâton magique qui apparaît et disparaît selon que les auteurs oublient de le dessiner ou non.
On recommencera pas!
C'est promis.
J'ai besoin de phosphore!
VOUS CHERCHEZ MAÎTRE SAKARINE?
SEUL QUELQU'UN DE PRÉPARÉ PEUT VOIR LE MAÎTRE SAKARINE.
NOUS DEVONS LE VOIR À TOUT PRIX, ET NOUS SOMMES PRÉPARÉS! NOUS VENONS DE LOIN!
...
Regardez! Il est là! On l'a pas oublié!

JE PARLE DE PRÉPARATION PHYSIQUE, DANS LE DOMAINE DE L'ESCALADE POUR ÊTRE PLUS PRÉCIS.
!!
sakarin cottage
LE MAÎTRE SAKARINE VIT AU SOMMET DE CETTE COLONNE.
M...MAIS ON N'EN VOIT PAS LE BOUT!
¡AY!
MAIS, VOUS NE DEVEZ PAS MONTER MAINTENANT!
AH BON! IL VA DESCENDRE? JE L'EN REMERCIERAIS! J'AI LE VERTIGE VOUS SAVEZ!
NON! VOUS DEVEZ D'ABORD GAGNER LE DROIT DE MONTER EN COMBATTANT LE GARDIEN DE LA TOUR.
"LE DROIT" VOUS DÎTES...
MAIS VOUS N'ÊTES PAS LES GARDIENS DE LA TOUR DE SAKARINE?
ÇA VA PAS! NOUS VIVIONS DÉJÀ ICI QUAND LES SERVICES DE TRAVAUX PUBLICS SE SONT POINTÉS ET ONT SURÉLEVÉ NOTRE BUVETTE.

HELLO KIKI!
LE GARDIEN DE LA TOUR!
...!!!
MAIS...MAIS C'EST UN CHAT INSIGNIFIANT! HA HA HA!
PRÊTE-MOI TON BÂTON, JE VAIS M'EN OCCUPER MOI-MÊME!
?
HAJIME!
?!
STRIKE!

Vengeance!
EH BIEN, CE N'ÉTAIT PAS TRÈS DUR... C'EST ÇA VOTRE GUERRIER INVINCIBLE?
BON... ON A JAMAIS DIT QU'IL ÉTAIT INVINCIBLE, JUSTE QUE VOUS DEVIEZ LE COMBATTRE... EN RÉALITÉ TU AS ÉTÉ SON PREMIER ADVERSAIRE...
QUOI!
TU CROIS QU'IL Y A DÉJÀ EU QUELQU'UN D'ASSEZ FOU POUR VOULOIR ESCALADER CETTE TOUR?
MON DIEU ! QUELLE GENRE D'ÂNERIE VA-T-ON FAIRE?
VOUS N'AVEZ PLUS LE CHOIX! IL FAUT MONTER!
ÉCOUTE, PUISQUE C'EST TOI QUI ÉTAIS INTÉRESSÉ, C'EST TOI QUI MONTE! TU ME RACONTERAS HEIN?
JE SAIS PAS. ET SI JE ME PERDS?
HEIN? ÇA MARCHE?
NE DIS PAS DE CONNERIES! COMMENT TU PEUX TE PERDRE SI C'EST UNE LIGNE DROITE?
...
LA VÉRITÉ C'EST QUE CE GAMIN EST CAPABLE DE TOUT.
ÇA VA JE T'ACCOMPAGNE.

VOUS CONNAISSEZ LA HAUTEUR DE LA TOUR?
BEN... QUAND LE CIEL EST DÉGAGÉ ON DIRAIT QU'ON PEUT VOIR LE SOMMET, MAIS C'EST PEUT-ÊTRE UN EFFET D'OPTIQUE.
OUI... LOGIQUE.
très haut
MON DIEU! ON POURRAIT MOURIR EN GRIMPANT!
MA SEULE CONSOLATION C'EST QUE SI JE TOMBE, JE PEUX ENTRAÎNER CET ANIMAL AVEC MOI!

Au milieu de la lutte contre l'armée du ruban rose, nos héros se dirigent à la rencontre du maître Sakarine.
OUF!
HAN!
GASP!
?
HEY... SO... SOSON GOKU! ÇA FAIT DES HEURES QU'ON SE FAIT CHIER À GRIMPER CETTE COLONNE! JE N'OSE MÊME PLUS REGARDER EN BAS!
BEN, ON VOIT PAS ENCORE LA FIN...
TOUT CECI EST UNE FARCE! QU'EST-CE QU'ON FOUT DANS CETTE GALÈRE, AU MILIEU D'UNE GUERRE QUI NE NOUS CONCERNE PAS! EN PLUS, JE SUIS CREVÉE! TU PEUX PAS T'ARRÊTER UN INSTANT?
JE... JE CROIS QUE JE VAIS M'ARRÊTER MAINTENANT.
PARCE QUE... J'EN PEUX PLUS.
!
J'AI FAIM...

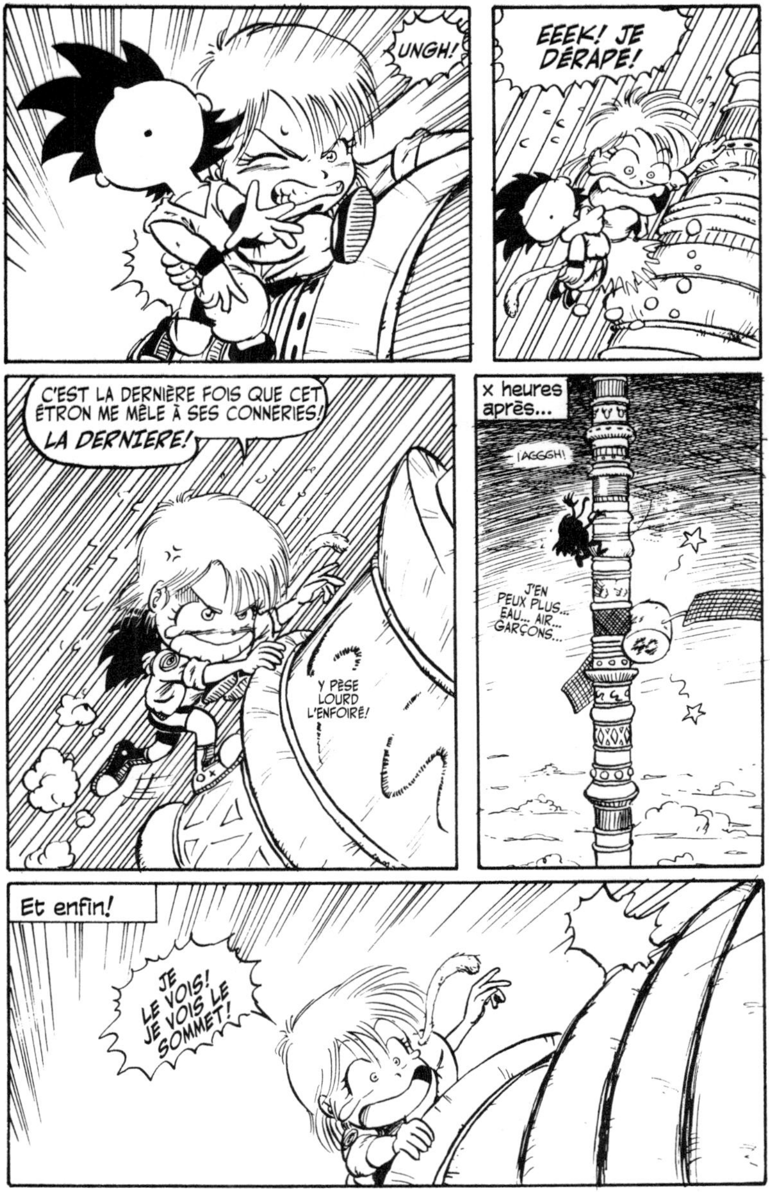
UNGH!
EEEK! JE DÉRAPE!
C'EST LA DERNIÈRE FOIS QUE CET ÉTRON ME MÊLE À SES CONNERIES! LA DERNIERE!
Y PÈSE LOURD L'ENFOIRÉ!
x heures après...
¡AGGGH!
J'EN PEUX PLUS... EAU... AIR... GARÇONS...
Et enfin!
JE VOIS! LE VOIS LE JE VOIS LE SOMMET!

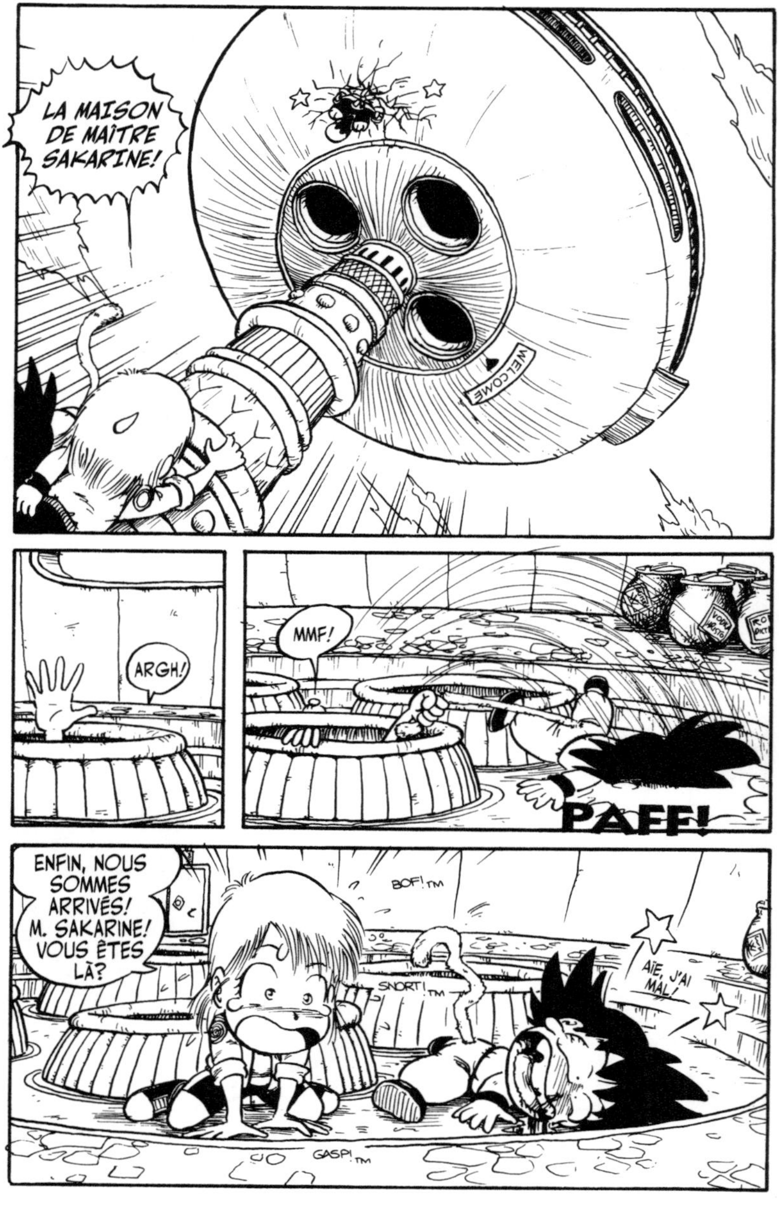
LA MAISON DE MAÎTRE SAKARINE!
WELCOME
ARGH!
MMF!
PAFF!
ENFIN, NOUS SOMMES ARRIVÉS! M. SAKARINE! VOUS ÊTES LÀ?
BOF!™
SNORT!™
AÏE, J'AI MAL!
GASP!™

JE SUIS LE MAÎTRE SAKARINE. VOUS DEVEZ ÊTRE CEUX QUI ONT VAINCU MON NEVEU AU COMBAT.
DÎTES-MOI CE QUE VOUS CHERCHEZ ET JE VERRAI CE QUE JE PEUX FAIRE
IL EST COMME ÇA DEPUIS HIER...
ET BIEN NOUS... NOUS CHERCHONS... CHERCHONS...
OUI?
AA... AA... ATCHOUM!!
DÉSOLÉE... JE SUIS LÉGÈREMENT ALLERGIQUE AUX CHATS.
NOUS SOMMES VENUS CHERCHER LES CONNAISSANCES QUI NOUS PERMETTRONS DE VAINCRE L'ARMÉE DU RUBAN ROSE ET DE RÉUNIR LES BOULES DE KEHU-RON!

COMMENT T'AS PU LÂCHER TOUT ÇA D'UN SEUL COUP? HEIN?
BEN, C'EST QUE J'AI TOUT APPRIS PAR CŒUR C'EST POUR ÇA...
.....
CES JEUNES SONT BIEN ÉTRANGES!
D'APRÈS TES PAROLES, JE PENSE QUE C'EST DYEU QUI VOUS ENVOIE!
OH, FUTÉ LE MINOU!
DIS, UN PEU DE RESPECT, JE SUIS UN MAÎTRE TOUT DE MÊME!
YUUUHH... JE CROIS SAVOIR CE QUE VOUS ATTENDEZ DE MOI...
IL EXISTE UNE LÉGENDE SELON LAQUELLE UN JOUR LE MONDE SERA EN DANGER AU POINT QUE TOUS SES HABITANTS VERRONT APPROCHER LA FIN DE LEURS JOURS...
ÇA, C'EST UNE PUTAIN DE LÉGENDE!
SILENCE! CE JOUR LÀ, IL EST ÉCRIT QUE LE MONDE SERA SAUVÉ PAR UN ENFANT AU Q.I ÉGAL À ZÉRO ET À LA COUPE DE CHEVEUX PSYCHÉDÉLIQUE.

Tu crois que ça va marcher? Je sais pas...

*Bamfff, bruit d'une grenade qui libère sa charge de gaz qui fouette (N.D.A.)**
**Ben mon gars, t'as vu ce qu'on apprend en lisant des B.D. À partir de maintenant quand j'entendrai Bamfff, je saurai à quoi m'en tenir (N.D.T.)

AAAGGH! C'EST ATROCE!
QUELLE PUANTEUR!
BEURK!
VOUS ÊTES SOUS MON CONTRÔLE! PERSONNE N'ÉCHAPPE À L'AGENT SPÉCIAL BOBA-FOUETTE!
FRAG
J'EMMÈNE LA FILLE POUR L'INTERROGER. DES TROIS, C'EST LA SEULE QUI A L'AIR DE SAVOIR QUELQUE CHOSE.
JE VAIS L'IMMOBILISER POUR FACILITER LE TRANSPORT.
FRAG
GEL-EXPRESS
ACME
BON, "FACILITER" FAÇON DE PARLER...
MMFF...
HAN...
JE DÉTESTE CETTE PARTIE DE L'HISTOIRE!
FRAG

VROOMM!!
HEIN...QUOI?
QUELQU'UN EST VENU ET A ENLEVÉ LA CHAGASSE QUI ÉTAIT AVEC TOI!
DANS MA PROPRE DEMEURE!
QUOI? WILMA?
C'EST PAS DU JEU! JE DOIS LA RETROUVER, JE SAIS PAS RENTRER TOUT SEUL!
AH OUI, À PROPOS, J'AI ICI CE QUE TU ES VENU CHERCHER. JE PENSE QUE TU EN AS BESOIN DE TOUTE URGENCE!
TIENS, CE HARICOT MAGIQUE TE DONNERA CE DONT TU AS LE PLUS BESOIN DANS TA QUÊTE : INTELLIGENCE & INITIATIVE.
TARATATAA!! TARATATATATATA!!

BEURK! ON DIRAIT UN BOUILLON-CUBE
...
TOING!!
JE DOIS SECOURIR WILMA! ILS L'ONT SÛREMENT EMMENÉE DANS CETTE BASE DE COMBAT! JE PARS CHERCHER LES AUTRES ET ON Y RETOURNE!
OH, QUEL IMPÉTUEUX!
$h=\sqrt{a^2+b^2}$!
E=Mc²!
g=9,8 m/s!
JE VAIS UTILISER ÇA POUR RETOURNER EN BAS!
Pour descendre au RDC
NOOON! N'Y TOUCHE PAS!
THACK!
BROOUMMM
IMBECILE! CE LEVIER RETIRE LES ANCRAGES QUI RATTACHENT LA TOUR À LA COLONNE POUR LA FAIRE DESCENDRE. MAIS IL FAUT D'ABORD METTRE LES FREINS EN BAS!
BEN, COMME MAINTENANT JE SAIS LIRE ET QUE C'ÉTAIT MON PREMIER PANNEAU... L'ÉMOTION M'A EMPORTÉ!
Ben, il est pas si malin finalement...
On peut pas faire de miracles...

CRASH!!
PAR TOUTATIS! LE CIEL NOUS EST TOMBÉ SUR LA TÊTE!
MA MAI-SON! MA MAISON!
MAIS JE N'AI MÊME PAS CHANTÉ!
イホプタ!!
JE DOIS RETOURNER À LA BASE!
Cours! Cours!

IN!!!
MEIS
silence on glande
....
....
silence on glande
HEU... LAISSE BÉTON. NE DÉVIONS PAS DU FIL DE L'HISTOIRE.
OUI, ELLE EST DÉJÀ ASSEZ ZARBI COMME ÇA!

Pendant ce temps, sur une terre lointaine, très lointaine...

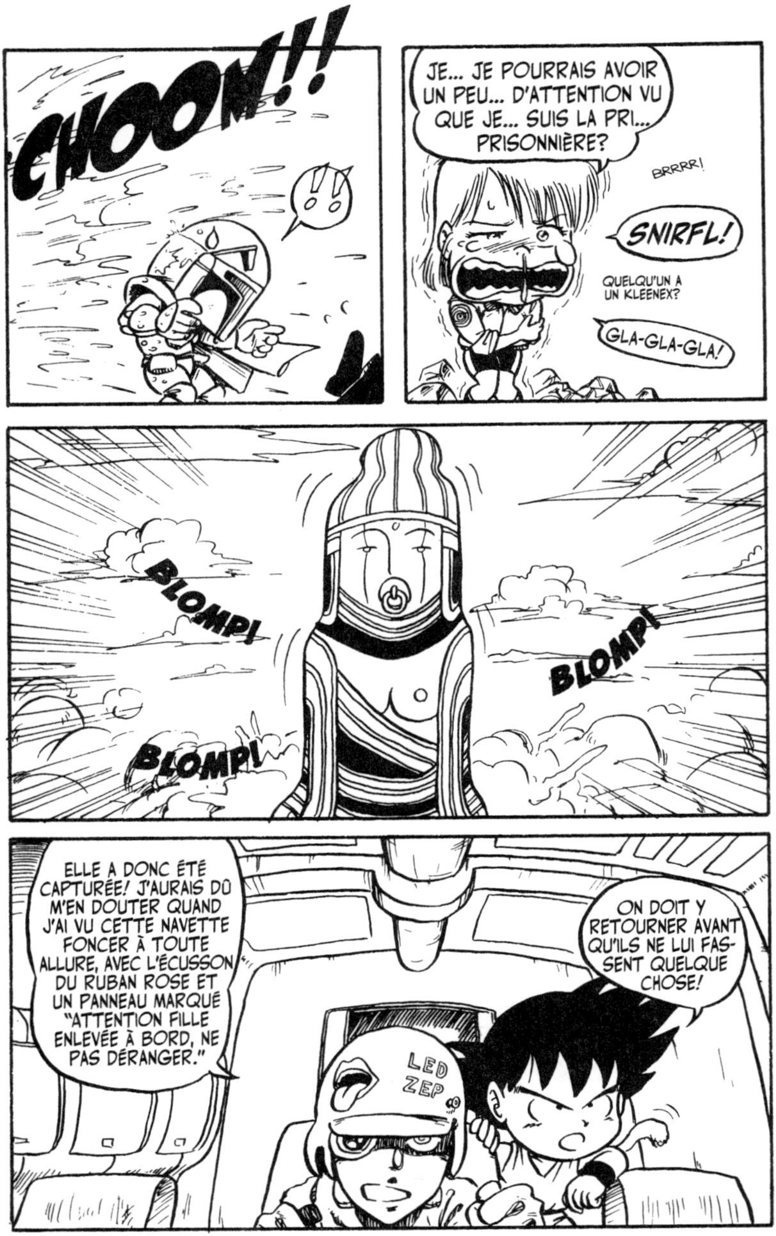
CHOOM!!
!!
JE... JE POURRAIS AVOIR UN PEU... D'ATTENTION VU QUE JE... SUIS LA PRI... PRISONNIÈRE?
BRRRR!
SNIRFL!
QUELQU'UN A UN KLEENEX?
GLA-GLA-GLA!
BLOMP!
BLOMP!
BLOMP!
ELLE A DONC ÉTÉ CAPTURÉE! J'AURAIS DÛ M'EN DOUTER QUAND J'AI VU CETTE NAVETTE FONCER À TOUTE ALLURE, AVEC L'ÉCUSSON DU RUBAN ROSE ET UN PANNEAU MARQUÉ "ATTENTION FILLE ENLEVÉE À BORD, NE PAS DÉRANGER."
ON DOIT Y RETOURNER AVANT QU'ILS NE LUI FAS-SENT QUELQUE CHOSE!
LED ZEP

COMME TU PEUX LE VOIR, MA PETITE, TU TE TROUVE DANS LE CENTRE DE COMMANDE DU CHAMPIGNON D'ACIER DE LA MORT.
ET ON FAIT QUOI ICI?
CETTE FORTERESSE SERT DE QUARTIER GÉNÉRAL POUR NOTRE PROJET DE CONQUÊTE DU MONDE!
DE CETTE DEMEURE INEXPUGNABLE, JE CONTRÔLERAI LE DESTIN DE LA TERRE!
ET LES BOULES DE KEHU-RON QUE J'AI DÉTECTÉES ICI? OÙ LES AVEZ-VOUS CACHÉES?
CES BOULES DONT TU PARLES SONT UNE PARTIE ESSENTIELLE DE NOTRE ARME PRINCIPALE. ELLES NOUS APPARTIENNENT!
PARFAIT, TOUT VA COMME SUR DES ROULETTES. JE SAIS OÙ JE SUIS ET OÙ SE TROUVENT LES BOULES. IL NE ME RESTE PLUS QU'À LEUR DEMANDER COMMENT SORTIR D'ICI SANS ÊTRE VUE...
ET COMMENT DIABLE PEUT-ON...?
BREEP!
BREEP!
ALERTE! ATTAQUE! MODE COMBAT ACTIF!
QUELLE FROUSSE!
ON SE TAIT, MERDEUSE! PUISQUE TU Y TIENS, TU VA VOIR FONCTIONNER CETTE MACHINE DE GUERRE DE TRÈS PRÈS!
TOUS À VOS POSTES!

NON, NON, LAISSEZ-MOI! À L'AIDE!
CANON DE NAVARRO
BON, ÇA IRA, LAISSEZ-LA! JE SUPPOSE QUE MAINTENANT TU NE SERAS PLUS SI CURIEUSE.
BON, NOUS ALLONS CONTRE-ATTAQUER.
TRÈS BIEN! IL FAUT OUVRIR UNE BRÈCHE PAR LAQUELLE NOUS PÉNÉTRERONS, PENDANT QUE LE COMBAT CONTINUERA À L'EXTÉRIEUR! VOUS PENSEZ EN ÊTRE CAPABLES?
NOUS LES OCCUPERONS UN BON MOMENT, NE VOUS INQUIÉTEZ PAS.
EH BIEN À L'ASSAUT!
C'EST UNE PLAISANTERIE...?
HA, HA, HA! CE SONT DES OUFS MALADES!
ZUT!
...

Marche épique fracassante de John Williams.

ACTIVEZ L'ARME PRINCIPALE UNE GOD-DAMNED FOIS!
MÉCHANTS, Z'ÊTES DES MÉCHANTS!
TIENS! TIENS!
BAOUUMM!!
UNE AVANCÉ DE REBELLES A TRAVERSÉE LA LIGNE DE FEU!
INTERCEPTEZ-LES AVEC L'ARTILLERIE!
JE PENSE QU'IL SERAIT PRUDENT DE PROTÉGER L'INTÉRIEUR DE LA FORTERESSE...
TRÈS BIEN! S'ILS ARRIVENT À ENTRER, MON ANDROÏDE NºVIII SERA LÀ POUR EUX!
ENFIN, MOI JE DIS ÇA...
TOI L'ESCLAVE, ON T'A RIEN DEMANDÉ!

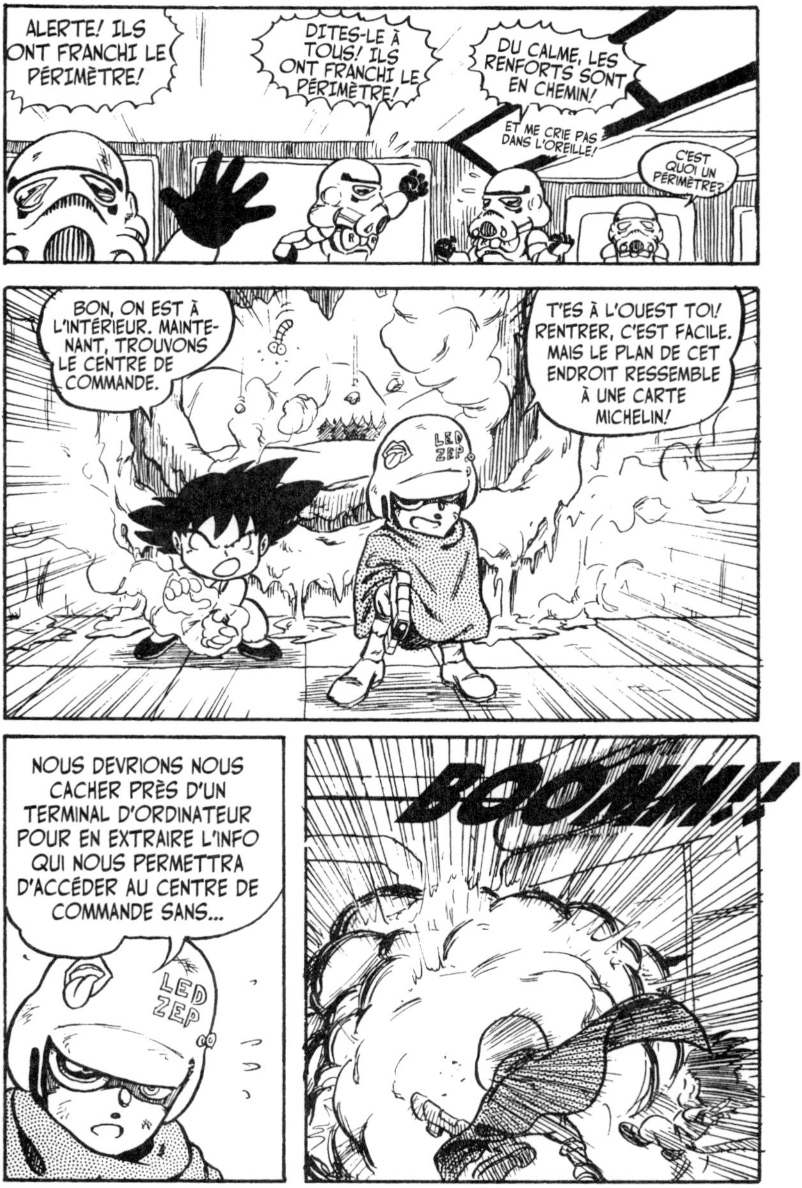
ALERTE! ILS ONT FRANCHI LE PÉRIMÈTRE!
DITES-LE À TOUS! ILS ONT FRANCHI LE PÉRIMÈTRE!
DU CALME, LES RENFORTS SONT EN CHEMIN!
ET ME CRIE PAS DANS L'OREILLE!
C'EST QUOI UN PÉRIMÈTRE?
BON, ON EST À L'INTÉRIEUR. MAINTE-NANT, TROUVONS LE CENTRE DE COMMANDE.
T'ES À L'OUEST TOI! RENTRER, C'EST FACILE. MAIS LE PLAN DE CET ENDROIT RESSEMBLE À UNE CARTE MICHELIN!
LED ZEP
NOUS DEVRIONS NOUS CACHER PRÈS D'UN TERMINAL D'ORDINATEUR POUR EN EXTRAIRE L'INFO QUI NOUS PERMETTRA D'ACCÉDER AU CENTRE DE COMMANDE SANS...
LED ZEP
BOOM!!

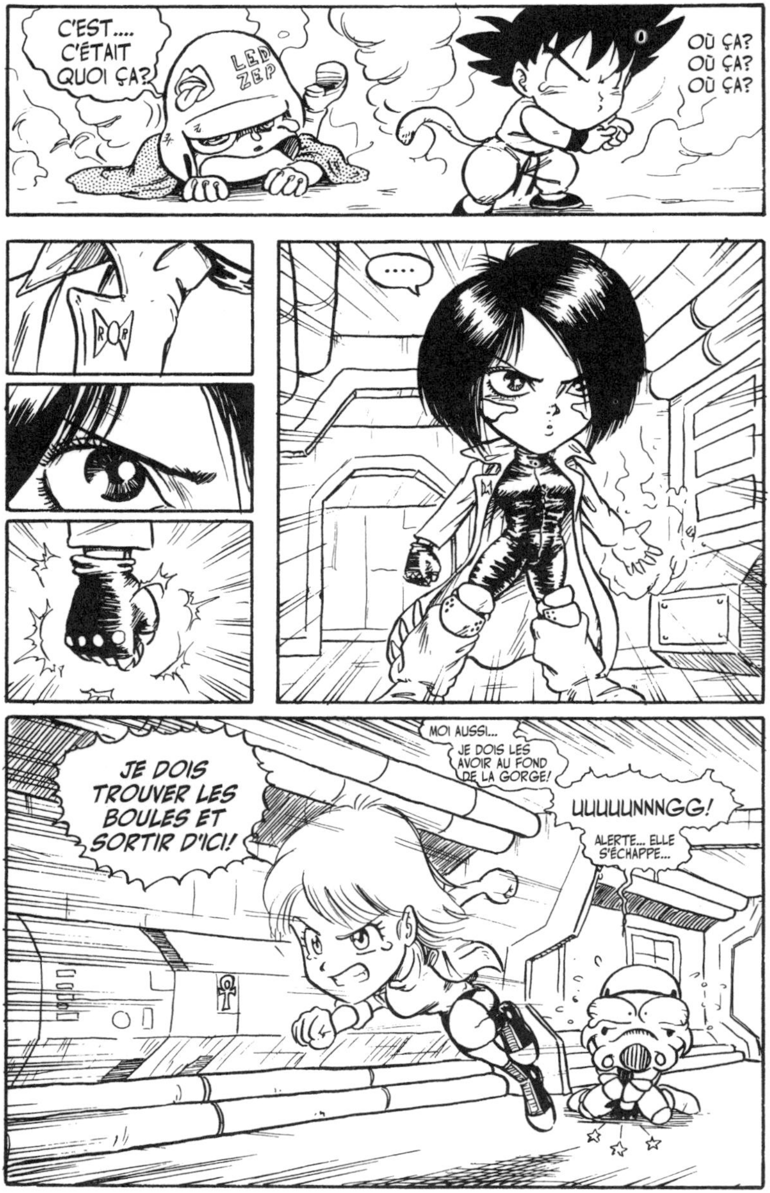
C'EST.... C'ÉTAIT QUOI ÇA?
LED ZEP
OÙ ÇA? OÙ ÇA? OÙ ÇA?
.....
JE DOIS TROUVER LES BOULES ET SORTIR D'ICI!
MOI AUSSI...
JE DOIS LES AVOIR AU FOND DE LA GORGE!
UUUUUNNNGG!
ALERTE... ELLE S'ÉCHAPPE...

TU TE RAPPELLES CE QUE JE T'AI DIS SUR LE PLAN À SUIVRE?
BEN, OUBLIE TOUT!
JE M'EN OCCUPE!
LED ZEP
BOUM ¡¡
KAME
RAKA
FEU!
OUUUIIIINNN! IL M'A FAIT BOBO!

MAIS ENFIN! C'EST QUOI CETTE PLEURNICHEUSE?
J'AI RIEN FAIT!
ON DIRAIT QU'ON L'A JAMAIS FRAPPÉE!
LED ZEP
PRÉCISÉMENT... C'EST QUE ÇA FAIT UNE SEMAINE QUE LE DR. GORE M'A CONSTRUITE ET JE N'AI AUCUNE EXPÉRIENCE DE LA VIE...
SNIF!
OH, MON ANGÉLIQUE ET IMMACULÉE CRÉATURE! TON HISTOIRE ATTENDRISSANTE A ÉMU MON CŒUR! LAISSE-MOI ÊTRE CELUI QUI T'OUVRIRA À DE NOUVELLES EXPÉRIENCES ET REMPLIRA TON VIDE!*
...
EN D'AUTRES MOTS: TOURNE-TOI, C'EST L'HEURE DU PÉNO!
OH, OH!
IL VA FALLOIR PRÉVENIR LE DR. GORE QUE SON ANDROÏDE EST PASSÉ À L'ENNEMI!
QUOI? LA NUMERO VIII NOUS A TRAHIS! C'EST INCONCEVABLE! MAIS DÉTRUISEZ-LA, AU CAS OÙ!
QUOI? COMMENT? ÇA, C'EST SON PROBLÈME PAS LE MIEN!
OUH, QUE C'EST LAID!

* (....)

Pendant ce temps, à l'extérieur, la bataille maintient les soldats occupés.

NOS SOLDATS SONT IMMOBILISÉS À L'EXTÉRIEUR PAR LA BATAILLE!
LES INTRUS SE RAPPROCHENT DE NOUS, ACCOMPAGNÉS DE L'ANDROÏDE VIII!
ET NOUS N'AVONS TOUJOURS PAS LOCALISÉ LA PRISONNIÈRE EN FUITE!
J'AI PERDU MES LENTILLES!
C'EST BON, ÇA SUFFIT, JE SUIS AU PARFUM!
(SOUPIR)
ON DOIT S'ASSURER QUE CETTE FILLE N'ATTEIGNE PAS L'ARME PRINCIPALE!
BALBOA
MERDE!

C'est un de ces ponts tout pougnaves qui ne servent à rien.
C'est une excuse bidon pour une scène à la Indiana Jones!

ACCROCHE-TOI À MOI! JE VAIS SAUTER DE L'AUTRE CÔTÉ!
ET SOSON GOKU?
IL A DU SE PERDRE!
LED ZEP
HOP!
MON DIEU! QUELLE CHUTE!
ILS ONT PRÉFÉRÉ LE SUICIDE À LA DÉFAITE!
LES PAUVRES!
ZUT, J'AI FAIT UNE PETITE ERREUR DE CALCUL...
UAAAAAA..!
CONNASSE!
AHA! TU ES FAITE COMME UN RAT!
CROTTE!
RENDS-TOI! C'EST LA FIN!
J...
...
BON ET MAINTENANT, PARLE: OÙ SONT LES BOULES?
PITIÉ, PITIÉ, JE VAIS PARLER!

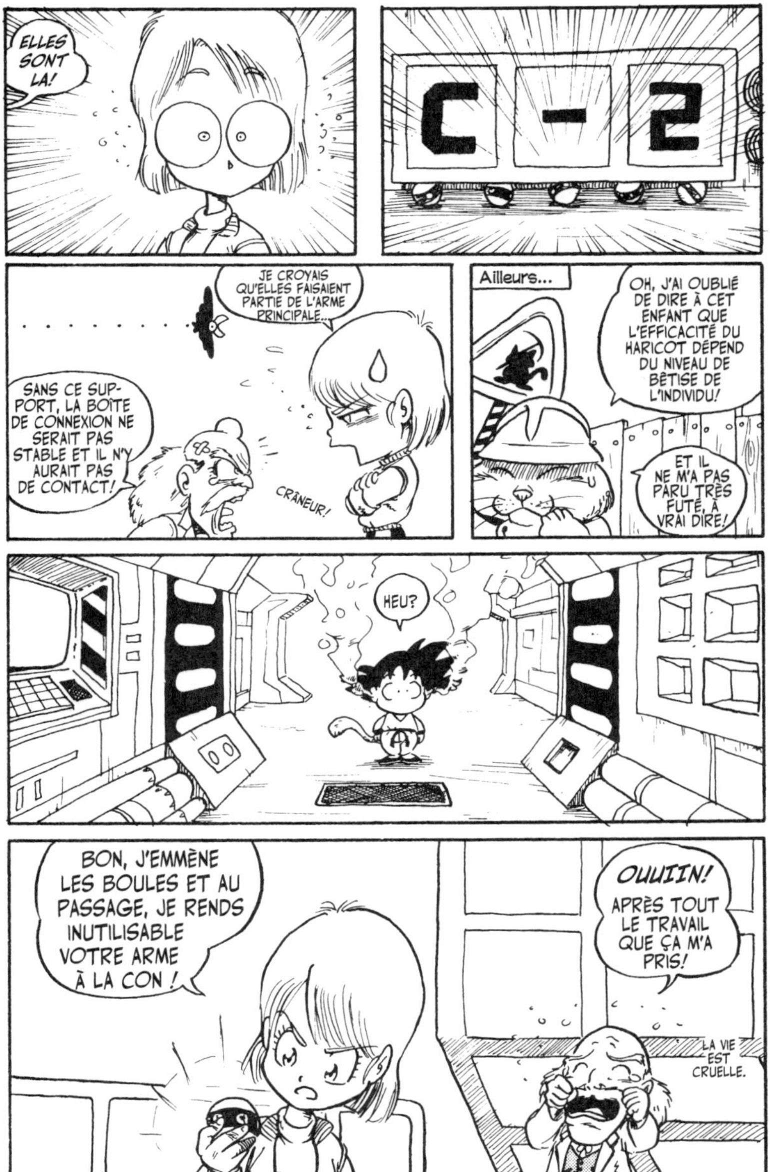
ELLES SONT LÀ!
C - 2
JE CROYAIS QU'ELLES FAISAIENT PARTIE DE L'ARME PRINCIPALE...
SANS CE SUPPORT, LA BOÎTE DE CONNEXION NE SERAIT PAS STABLE ET IL N'Y AURAIT PAS DE CONTACT!
CRÂNEUR!
Ailleurs...
OH, J'AI OUBLIÉ DE DIRE À CET ENFANT QUE L'EFFICACITÉ DU HARICOT DÉPEND DU NIVEAU DE BÊTISE DE L'INDIVIDU!
ET IL NE M'A PAS PARU TRÈS FUTÉ, À VRAI DIRE!
HEU?
BON, J'EMMÈNE LES BOULES ET AU PASSAGE, JE RENDS INUTILISABLE VOTRE ARME À LA CON !
OUUIIN!
APRÈS TOUT LE TRAVAIL QUE ÇA M'A PRIS!
LA VIE EST CRUELLE.

JE SUIS DÉSOLÉE. ÇA TE FAIT MAL?
T'INQUIÈTE PAS, J'SUIS PAS DU GENRE À ME PRENDRE LA TÊTE...
MOI, COMME JE SUIS UN CYBORG...
LA FILLE S'ENFUIT AVEC LES BOULES!
BIEN!
DIRIGEZ-LA VERS LA SALLE DU PROCESSEUR.
PUTAIN!
ZIP!
OUILLE!
AHA! JE TE TIENS!
!!
...

TU ES PARVENUE JUSQU'ICI, MAIS C'EST TERMINÉ! MON SABRE LASER VA RÉGLER TON SORT!
HA HA HA!
J'ASSURE TROP, JE SAIS!
!?!
FLOSH!!
AYAYAIIIII! JE CRAME!
SEIGNEUR!
J'AI OUBLIÉ QU'AVEC CETTE PUTAIN DE CAPE, MES BRAS SONT BLOQUÉS!
BEAU TRAVAIL MA VIEILLE! À MOI DE FINIR LE BOULOT!
TOUCHÉ! T'AS PERDU!
NON! J'AI PERDU! QUELLE RAGE!
MAIS ENFIN! QU'EST-CE-QUE ÇA SIGNIFIE!
MAIS... C'EST QUE TU... TU NE CONNAIS PAS LES RÈGLES DU JEU? LA BATAILLE SE TERMINE LORSQU'UN SOLDAT ATTEINT LE CHEF DE L'AUTRE BANDE ET LUI DIT... BEN ÇA...!
C'EST QU'ON ÉTAIT UNE TRÈS GRANDE ARMÉE, ET COMME ON N'AVAIT PAS DE RIVAUX, ON S'ENNUYAIT. ALORS, ON A CRÉE LA RÉSISTANCE ET TOUT ÇA...
ÇA T'EMBÊTE?

JE T'AI DIT QUE CE N'ÉTAIT PAS LA SORTIE DE SECOURS!
¡¡STOMP!!
TIENS, LE CHEF DE LA RÉSISTANCE! ÇA ROULE?
?
BEN, ON RÉSISTE. ON A DÉJÀ GAGNÉ?
STOP! J'EN PEUX PLUS!
SOSON GOKU! OÙ QUE TU SOIS! CECI EST UNE MAISON! TU M'ENTENDS? UNE MAISON!
INK
INTERPHONE
ÇA MARCHE TOUJOURS...
FRAGABBOOOM!!
LA VACHE! MAIS J'AI TIRÉ QU'UNE FOIS!
J'AVAIS UNE CHANCE SUR UN MILLION!

JE ME SUIS JUSTE APPUYÉ SUR UN MUR ET...
NE PAS TOUCHER
C'ÉTAIT QUOI ÇA? QUE S'EST-IL PASSÉ?
JE CROIS QUE QUELQU'UN A NIQUÉ TA MAISON.
AAAHH! QUEL SOULAGEMENT!
ZZZUUUUUMMMM!
OUAP!
IL M'A EU PAR DERRIÈRE!
JE SAVAIS QUE JE VOUS TROUVERAIS ICI! JE VOUS CHERCHAIS CAR ON M'A PROPOSÉ DE PARTICIPER AU GRAND TOURNOI DES ARTS MARTIAUX, ET COMME JE VEUX PAS ÊTRE RIDICULE, JE VAIS INSCRIRE CE PETIT MONSTRE!
PAS QUESTION! LE PETIT STREUMON RESTE AVEC MOI! J'EN AI BESOIN POUR TROUVER LES BOULES!
BON... LE PRIX POUR LE GAGNANT EST DE PLUSIEURS BRIQUES ET...
TU VERRAS, TU VAS BIEN T'AMUSER, TU POURRAS FAIRE LE KAME-RAKA-FEU QUAND TU VOUDRAS!
C'EST QUOI LE KAME-RAKA-CHÉPAKOI?
SEIGNEUR! SI SEULEMENT J'AVAIS PAS BESOIN D'ARGENT!

NACHO
+
JON/97

NACHO
SANDOVAL '97

NACHO
+
EMILIO

IL Y A LONGTEMPS DANS UNE GALAXIE TRÈS LOINTAINE...

TEXTES ET DESSINS: DAVID RAMIREZ

ESTIMÉ PEUPLE PUYAJIN, AUJOURD'HUI LES RÉSULTATS DE LA LOTERIE...
ELLE EST PARRAINÉE PAR LA FAMILLE ROYALE ET IL Y A UN SUPER PREMIER PRIX SURPRISE!
JEAN DUGLAND
TU AS PRIS DES BILLETS, MISAE?
OUI, CHÉRI, LE NUMÉRO...
666.
ARG! KAGARROT!!
LE SECOND NUMÉRO GAGNANT EST LE 666!
ON AURAIT GAGNÉ UN APPARTEMENT SUR LA PLANÈTE VIEILLETOUR. SNIF!
DU CALME, J'AI ACHETÉ UN AUTRE NUMÉRO.
007
N'ESSAIE MÊME PAS, KAGARROT!
OOH!
ET LE PREMIER PRIX EST POUR... LE Nº 007!
ON A GAGNÉ! ON A GAGNÉ!
LE PRIX SPÉCIAL CONSISTE EN...
DANS L'ÉPISODE D'AUJOURD'HUI, NOTRE HÉROS VENU D'UNE PLANÈTE LOINTAINE, SUPERPUYAJIN, RENCONTRE UN ENFANT QUI LUTTE POUR LA JUSTICE INTERSTELLAIRE.
ET IL LE TUE SAUVAGEMENT!
LAISSE-ÇA KAGARROT!
Y'A MON FEUILLETON FAVORI.
CHANGE DE CHAÎNE, VITE!
CLIC
C'ÉTAIT LE SUPER PRIX SPÉCIAL QUE LE PALAIS ROYAL OFFRE AU GAGNANT.
PAR TA FAUTE, ON IGNORE CE QUE C'EST!
UN JOUR, ON VA VRAIMENT SE FÂCHER!
100t

BONJOUR, JE SUIS ENVOYÉE PAR LE PALAIS ROYAL.
HEIN? LE PALAIS ROYAL?
VOUS NE REGARDIEZ PAS LA TÉLÉ? LE PRIX CONSISTE EN...
SALUT BEAUTÉ. T'AS UN MEC?
EN QUOI CONSISTE-T-IL?
VOUS ÊTES INVITÉS À DÎNER AU PALAIS! C'EST LA MANIÈRE QU'A LE ROI DE SE RAPPROCHER DE SON PEUPLE.
AH.
FRU FRU FRU
YOUPI, YOUPI, QUEL BONHEUR!
REGARDEZ, CHERS TÉLÉSPECTATEURS, LES GAGNANTS REÇOIVENT LA NOUVELLE AVEC JOIE!
BIEN SÛR, VOUS DEVREZ SAVOIR VOUS COMPORTER.
REGARDE! UN ÉLÉPHANT!
Ce soir-là, au palais.
BO-BONSOIR, SEIGNEUR MINÉRAL.
CO-COMMENT VA VOTRE ÉPOUX?
...
NERVEUX, HEIN?
JE SUIS KAGARROT!
ET MOI VÉGÉTAL. REGARDE, MON PÈRE M'A OFFERT UN SUJET POUR MOI TOUT SEUL. IL S'APPELLE NAPALM.
ALORS QUE TU FAIS TOUJOURS PIPI AU LIT...
C'EST UN MENSONGE!
C'EST LES GARDES QUI L'ON DIT!
PEUT-ÊTRE PARLAIENT-ILS DU GRAND-PÈRE.
GA... GA... GA...
C'EST LE PLUS VÉGÉTAL DE TOUS.

LE PREMIER PLAT EST UNE SALADE.
JE N'AIME PAS LE PIMENT!
TU A LA LANGUE UN POIL PENDUE TOI!
M MÈRE DIT QUE VÉGÉTAL A PLUS DE POILS SUR LES JAMBES QUE SUR LA QUEUE!
KAGARROT!
BEN C'EST QUE...
NON, ELLE.
...
TU SAIS PAS FAIRE AUTRE CHOSE?
TROO-OMPE!!
UNE AUTRE!
HMM.
CARAFE, CARAFE!
UN PEU D'HUILE?
PSSH
PSSST!
PUNI DANS LA CELLULE DES ARTISTEUX!
DAME
ARGO
SALUT! JE PEUX VOIR TA CARAFE? MES JOUETS N'ONT PAS ÇA.
D'ACCORD.
OULA, JE GLISSE!
ZAS
FLOPS
OH, JE SUIS COINCÉE... JE VOIS DES ÉTOILES!
ET MOI LA...

...LUNE.
SPLUCH
PETITE SŒUR! QUE FAIS-TU?
LA PUTAIN DE SA MÈRE!
VÉGÉTAL A CLAMSÉ!
DANS VOS RÊVES P'TITS CONS!
PRRRTZ
OUPS, J'ME SUIS CHIÉ DESSUS.
CE SONT LES RESTES DE VOTRE FILLE. AVEC DE LA PATIENCE ET UNE AGRAFEUSE, PEUT-ÊTRE...
SEIGNEUR, NE SOYEZ PAS DUR AVEC EUX. PENSEZ À VOTRE INDICE DE POPULARITÉ...
D'ACCORD, D'ACCORD... SON FILS SERA EXILÉ! DITES-LUI CE QUE VOUS VOULEZ, MAIS QUE JE NE LE REVOIE PLUS. MAINTENANT CASSEZ-VOUS, J'AI UN RENDEZ-VOUS IMPORTANT.
PAUVRE VÉGÉTAL! ARRIVERA-T-IL À SUPPORTER CE CHOC ET À OUBLIER UN JOUR SA SŒUR?
Ja Ja
LA PLANÈTE VÉGÉTAL VA BIENTÔT EXPLOSER.
OOH! COMME LA PLANÈTE NATALE DE SUPERPUYAJIN?
OUI. IL LUI RESTE CINQ MINUTES.
COMME C'EST EN TEMPS "DRAGON BALL", ON A LE TEMPS DE FAIRE UNE SIESTE.
BIEN, C'EST POUR ÇA QUE, POUR TE SAUVER, TU DOIS MONTER DANS CETTE NAVETTE, ELLE EST PROGRAMMÉE POUR ALLER SUR UNE PLANÈTE LOINTAINE ET ARRIÉRÉE. POUR TE DIVERTIR TU POURRAS LA DÉTRUIRE TOTALEMENT.
OOOH! COMME SUPERPUYAJIN?
ADIEU, FILS, ADIEU!
LE PAUVRE, S'IL SAVAIT QUE L'EXPLOSION ÉTAIT UN MENSONGE.
RAVI DE VOUS RENCONTRER, MONSIEUR FRIGO.
JE SENS QUE NOUS ALLONS DEVENIR DE GRANDS AMIS.
BROOOM
JUR 01

FIN

Ne manquez pas la suite des aventures héroïques (?!) de Soson Goku dès le mois prochain dans le tome 2 de Dragon Fall.